U0087869

小說新賞

桃花扇

原著　清·孔尚任
編寫　張耀仁

三民書局

我常常思索著，我是怎麼成了一個說故事的人？

有一段我已經忘卻的記憶，那是一個沒有什麼像樣娛樂的年代，大人們忙著養家活口或整理家務，大部分的孩子都是自己尋找樂趣，妹妹告訴我，她們是在我說的故事中度過童年的。我常一手牽著小妹，一手牽著大妹，走到家附近那廢棄的老宅前，老宅大而陰森，厚重而斑駁的木門前有一座石階，連接木門和石階的磚牆都已傾頹，只有那座石階安好，作為一個講臺恰到好處。妹妹席地而坐，我站上石階，像天方夜譚般開始一千零一夜的故事。

記憶中的小時候，我是個木訥寡言的人，所以當小妹說起這段過去時，我露出不可思議的神情，懷疑她說的是另一個人的事。雖然如此，我卻記得我是如何開始寫故事的。那是專三的暑假，對所有要上大學的人來說，這個暑假是很特別的假期，彷彿過了這個暑假就從青少年走入成年。放暑假的第一天，我從北部帶著紅樓夢返家，想說漫長的暑假適合讀平日零碎時間不能完整閱讀的大部頭。當我花了兩個星期沒日沒夜看完紅樓夢，還沒從寶黛沒有快樂結局的悲悽愛情氛圍中脫身，突然萌生說故事的衝動，便在酷暑時節，窩在通鋪式的臥房，以摺疊成山的棉被權充書桌，幾個下午就完成我的第一篇短篇小說、我說的第一個故事。寫完時全身汗水淋漓，用鉛筆寫的草稿也被手汗沾得處處字跡模糊，不過我不擔心，所有的文字都在我腦海中，無需辨認。之後我又花了幾天把草稿謄在稿紙上，投寄到台灣日報副刊，當那個訴說青春少女和遲暮老人忘年情誼的小說變成鉛字出現在報紙副刊，我知道我喜歡說故事、可以說故事，於是寫了一篇又一篇的小說，直到今天。

原來是經典小說帶領我走入說故事的行列，這段記憶我始終記

得，也很希望在童年時代還耐不下性子閱讀原典的孩子們，能和我一樣在經典故事中成長。

　　雖然市場上重新編寫經典小說的作品很多，但對我這個有兩個少年階段孩子的母親來說，卻總覺得找不到適合的版本，不是太簡單，就是太難，要不然就是刪節得不好，文字不夠精確等等，我們看到了這當中的成長空間，於是計畫進行一套經典小說的改寫版本。

　　首先我們先確定了方向，保留較多文學性，讓這套書適合大孩子閱讀；但也因為如此，讓我們在邀請撰稿者方面碰到不少困難。幸好有宇文正、石德華、許榮哲等作家朋友們願意加入，加上三民書局之前「世紀人物 100」的傳記書系列，也出現了不少有文采、有功力的寫作者，讓這套書可以順利進行。對於文字創作者來說，創意是珍貴的資產，但改寫工作就像化妝師，被要求照著一張照片化妝，不能一模一樣，又不能不一樣，一些作者告訴我，他們在撰寫這系列的書時，常常因為想寫的和原著不太一樣而卡住，三民書局的編輯也常常要幫著作者把寫作節奏拉回來，好幾本書稿都是初稿完成後，又大幅刪修，甚至全部重寫。辛苦的代價便是呈現在讀者面前的這套書──文字流暢、故事生動，既有原典的精華，又有作者的創意調拌，加上全彩印刷、配圖精美。這是我為我的孩子選擇的一套書，作為他們告別青春期的最佳禮物，希望能和天下的學子、家長們分享，也期待這套「大部頭的套書」，經過作家們巧妙的改寫、賦予新生命後，保留了經典的精神，又比文言白話交雜的原典更加容易親近，讓喜歡聽故事、讀故事的孩子，長大後也能說故事、寫故事，於是中國經典文學的精華就能這麼一代一代傳誦下去。

林黛嫚

要拼才會贏！

　　一直以來，總耳聞桃花扇是一齣淒美動人的愛情劇，尤其在晚近舞臺劇與各大導演的推波助瀾下，桃花扇的內容更廣為人知，其劇情演出復社文人侯方域與秦淮名伎李香君如何在明末清初的亂世中，從認識乃至被迫分離，最終再度相逢於南京棲霞山的纏綿悱惻。

　　凡此種種側重愛情的看法，是多數人對於桃花扇的認知，也是我當初選擇改寫桃花扇的動機，更是改寫桃花扇前的既定印象。然而等到真正閱讀了由三民書局校注的桃花扇原作後，其中展示明朝末年崇禎皇帝如何上吊於煤山、南明王朝如何因為軍隊內鬨與奸臣弄權的緣故，最終導致滅亡的可悲結局等，這才使我恍然大悟，作者孔尚任之所以花費十幾年的時間、前後刪改了三次書稿，其實是為了藉此書批判當時政治情勢，所謂「愛情」云云，不過是引起讀者閱讀興趣的噱頭罷了，真正的用意乃是希望讀者能夠從中了解奸臣如何誤國、君王如何昏庸、將領如何霸道，好讓後世有所警惕，並作為借鏡。

　　也因此，在改寫的過程中，我一直猶豫著該如何平衡「愛情」與「政治」的輕重？如果太偏向「愛情」，那就落入一般大眾視桃花扇為愛情劇的窠臼；如果太偏向「政治」，又恐怕內容太過沉悶，無法喚起年輕讀者的閱讀興趣，所以，最後我還是選擇了「愛情」占七分、「政治」占三分的比例來撰稿，試圖讓這本歷來被視為與長生殿（清初，洪昇撰）齊名的作品，能夠展現其動人的愛情，也能夠藉由愛情讓人目睹當時政治的敗壞。

　　本書的原作名氣極大，內容也極為豐富，尤其孔尚任乃是孔子第六十四代孫，在家學淵源的國學底子下，無論是詞曲、情節安

排、人物塑造、對白等，皆有他獨到的地方，比方說，復社領袖陳
貞慧、吳次尾的名字，是由同樣是復社文人的侯方域提出，而奸臣
馬士英、阮大鋮等人的名字，則是由歌伎李貞麗的口中說出。至於
侯方域與李香君之間的情感，由贈扇、寄扇、畫扇乃至於扯扇等，
皆象徵了兩人的感情由淡轉濃、再由濃轉為依依不捨等。此外，孔
尚任對於當時民間百姓的理解，也展現在他對小人物的刻劃上，比
方當奸臣阮大鋮前往拜訪忠臣史可法時，阮大鋮自報名號道：「褲
子襠裡阮。」守門的家僕譏笑道：「什麼東西軟不軟的？」而在描
述鄭妥娘等歌伎時，語言也相當俏皮，充分顯示孔尚任不僅關注文
人生活，對於百姓的理解也有獨到之巧思，在在凸顯了他撰寫此書
的功力。

　　原作共有四十四章節，從明朝末年寫到南明滅亡，橫跨的時間
大約是四年左右，由於原作乃是提供演出之用的劇本創作，所以在
對白之處加入了大量的動作說明，並不像一般小說的書寫，因此在
改寫成小說的技術層面上有其難度，除了參照原作之外，我也在不
違背原作的精神下，將部分章節濃縮，好讓劇情更加緊湊。必要的
時候，也在對話當中適當插入原作並沒有的轉折語，希望能夠透過
這樣的改寫方式，傳達桃花扇淋漓盡致的情感，也讓改寫的小說更
具可讀性。

　　本書的改寫過程中，因為情感波折，有一段時間遲遲無法提筆
完成，所幸統籌人、也是知名小說家林黛嫚女士大力鼓勵，最終得
以將它完成。回想當初，黛嫚姐寫信告知有此改寫計畫時，經過一
番思索，我在眾多書目中挑上了桃花扇，除了實現一直以來未曾閱
讀桃花扇的心願外，也是考量到「愛與被愛」在當代的重要性。到

目前為止，我仍經常想著：所謂愛情究竟是怎麼回事？似乎並不隨著年歲的增長，人在愛情裡就變得更有智慧，也不見得更理解「愛」，甚至無法獲得偶像劇「王子與公主從此過著幸福快樂」般的結局。

也因此，能夠藉由改寫桃花扇一書，重新檢視愛情、檢視我們所處的當代情境，是這一過程中始料未及之事。事實上，我一直以為桃花扇是一本沉悶的作品，豈知一讀之下，欲罷不能，尤其寫到諷刺住在「褲子襠」的阮大鋮時，以及那些演員與歌伎們的玩笑話，在在不免令人捧腹大笑，更讓人意識到孔尚任不僅寫出了當時文人雅士的風雅，同時也充分掌握民間最為通俗的話語與生活，而這正是桃花扇之所以這麼多年來，被各方名家讚譽不已的緣故。

我非常感謝黛嫚姐給了我這個改寫的機會，也由衷欽佩三民書局對於中國古典文學的推動，期待年輕的讀者能夠透過我的改寫，領略桃花扇之美，一如孔尚任所說：「桃花扇何奇乎？其不奇而奇者，扇面之桃花也；桃花者，美人之血痕也；血痕者，守貞待字，碎首淋漓不肯辱於權奸者也。」（譯：桃花扇哪裡奇特？它奇特之處在於扇面的桃花，桃花乃是美人李香君的血痕，那是李香君為侯方域守貞的象徵，寧願撞破了頭也不願屈服於奸臣之下。）

希望讀者喜歡我所改寫的桃花扇，並且真誠對待「愛」，好比桃花扇中的侯方域與李香君，自始至終相愛不渝。

張瑋心

桃花扇

目 次

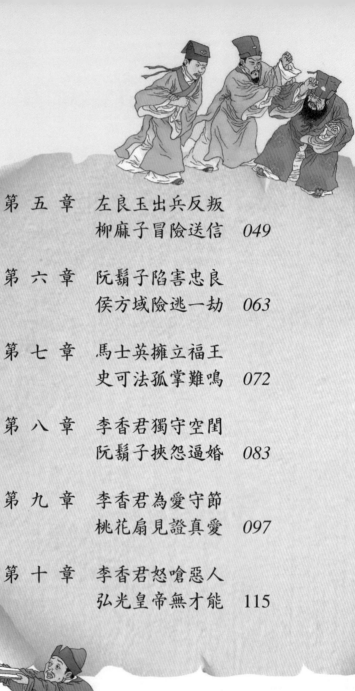

那些說好的幸福呢

命中注定我愛你：從愛出發的桃花扇

　　當然，這不是阮經天與陳喬恩的偶像劇命中注定我愛你，也不是織田裕二與鈴木保奈美的經典日劇東京愛情故事，更不是幾年前大紅大紫的韓劇冬季戀歌——它們的共通點都涉及了「愛情」——在這本向來被世人視為「愛情經典」的桃花扇裡，談的即是「愛」與「傷害」如何糾葛。

　　　　　　　愛是什麼？人們為什麼需要愛？該如何愛與被愛？既然相愛又為何要彼此傷害？

　　　　　　　在漫畫火影忍者裡，後來成為風影大人的我愛羅，一直以來就是一個「只愛自己的修羅」。而在王家衛電影春光乍洩裡，張國榮始終對梁朝偉說：「不如，我們重新來過吧。」至於小說家蘇偉貞的短篇小說陪他一段裡，那個渾然不覺成為「第三者」的女孩費敏，她在日記裡這麼寫著：「我需要很多很多的愛。」

　　我需要很多很多的愛——故事還可以再延伸下去，可以有更多元、更不同面向、更溫柔、更激烈的表現手法——但無論如何它們都是「愛」（按照網路世代的說法：「好閃，好閃啊！」），它們都意味著：愛何其困難？愛又何其簡單？那些說好的幸福怎麼說不愛就不愛了？那些山盟海誓又如何能夠穿越時光成為永遠？

　　所幸，在這本由孔子第六十四代孫孔尚任所撰的桃花扇裡，沒有當代愛情關係裡恆常可見的「劈腿」、「出軌」或者「偷吃」，有的只是對於愛的忠貞與對於諾言的信守；也沒有速食愛情恆常可見

的「用完就丟」、「我倆沒有明天」，有的是對於彼此愛的誓言與堅信愛能夠直到永遠的認知。

在桃花扇裡，復社文人侯方域與秦淮名伎李香君，兩人一見鍾情、不離不棄，愛得如此純粹，愛得無需遮掩、無需猜忌，彼此說好了幸福，真的就是一輩子的幸福了，儘管兩人之間因為奸臣阮大鋮與馬士英的陷害，被迫分離、歷經了一場分隔兩地的思念，但終究能夠「執子之手，與子偕老」，有情人終成眷屬。

這樣認認真真、簡簡單單的相信「愛」，也許你會說：「這是老梗了啦！」「這些過氣了啦！」「這不流行了啦！」然而仔細想想，如果能夠體驗這麼一場純粹的愛情，該是如何動人？如果能夠不猜忌、不憂心、不嫉妒，簡簡單單相信「這就是愛」，又何其勇敢？尤其放在愛情泡沫化的資訊爆炸時代，我們有多久沒有好好靜下心來，真真誠誠的說一句「我愛你」？我們有多久沒有一個寧靜的時刻，真真誠誠的留意自己為什麼需要愛？如何愛？以及接受愛？

也許，你又會說：「這樣的愛不存在啦！」「這是白馬王子與白雪公主的童話嘛！」「神經病！」但看看我們的父母親、我們的阿公阿嬤，他們不正是愛得這麼純粹而勇敢？即使經歷了這麼長久的時光與考驗，他們不也擁有溫柔的眼神，在一個不經意的當下流露呵護的表情？這難道不是古代版的「命中注定我愛你」嗎？

所以，桃花扇想必也讓你心動了吧，想必你也迫不及待想要目睹一場「至死不渝」的愛情了吧。然而在那之前，請再耐心地等一會，讓我們先去了解桃花扇的作者以及其他細節，好更明白這場「命中注定我愛你」的愛情究竟如何發生的？

南京愛情故事：舊版桃花扇的幸福與傷害

在清代的曲壇上，共出現了兩位齊名的作家，一位是以撰寫長生殿（編按：參見三民書局出版）聞名的洪昇，一位即是桃花扇作

者孔尚任。

　　孔尚任是何許人也？他乃是孔子第六十四代孫，生於清順治五年（一六四八年），也就是南明永曆二年。在此有必要交代一下歷史背景，也就是明朝的首都原本位於北京，一六四四年李自成起義攻陷北京後，消息傳到南京，文武大臣擁立福王為帝，史稱南明。桃花扇一書的發生背景便橫跨兩個朝代，即明朝與南明。

　　根據學者考證，桃花扇一書寫成於康熙三十八年（一六九九年），於康熙四十七年（一七〇八年）出版，出版後，孔尚任在桃花扇本末寫道：「王公薦紳，莫不借鈔，時有紙貴之譽。」意思是說，桃花扇出版以後，貴族們爭相借來抄寫，一時之間頗有洛陽紙貴的聲勢，就連當時的康熙皇帝也趕緊命人尋覓一本進宮，可見桃花扇受歡迎的程度。

　　孔尚任自稱為了撰寫桃花扇這本書，共花了十餘年的時間、刪刪改改了三次稿子才把書寫成，他表示自己在寫這本書時：「一句一字，抉心嘔成。」也就是「嘔心瀝血」，寫書的過程極為辛苦。而孔尚任為什麼要寫這本書？在桃花扇開場先聲裡，他這麼寫著：「借離合之情，寫興亡之感，實事實人，有憑有據。」換言之，對孔尚任而言，桃花扇並非是虛構的小說，而是一段「真實」的故事，藉由侯方域與李香君的悲歡離合、兒女私情，反映出明朝與南明的興起與衰亡。

　　在孔尚任所寫的桃花扇裡，它的形式原本是拿來作為演出之用的「劇本」，全劇共有四十四齣，真正與劇中人物相關者共四十齣，劇本中橫跨的時間從明朝末年寫到南明滅亡，大約四年左右。全劇劇情主要在於展示復社文人侯方域與秦淮名伎李香君，兩人如何在南京發生「愛情故事」：從認識乃至被迫分離，也就是從「幸福」走向了「被傷害」，最終再度相逢於南京棲霞山的纏綿悱惻，其中並穿插了當時明末崇禎皇帝如何上吊於煤山、南明王朝如何因為軍

隊內鬨與奸臣弄權的緣故,最終導致滅亡的可悲結局等。

　　也因此,桃花扇一書確實如孔尚任所言,乃是藉由侯、李的愛情,「寫(明朝)興亡之感」,等於說是孔尚任生於南明時期,卻在清朝寫了此書來針砭時政,借古喻今,期盼給後人一面借鏡。所以在桃花扇一書中,描述侯、李愛情的篇幅約占了十五齣,也就是占了全劇三分之一,其餘二十五齣有的寫奸臣如何當道、有的寫忠臣如何不得志,而這一部分又與侯、李愛情的十五齣緊緊扣合、相互關聯,使得全書達到一氣呵成的效果,令學者大為激賞!對此,孔尚任自己在桃花扇凡例中也說:「每齣脈絡聯貫,不可更移,也不可減少。」對照整本書的結構與前後情節、人物、伏筆以及轉折,沒有一處不是互相呼應,讓人讀後大呼過癮。

　　孔尚任在撰寫桃花扇之前,曾與友人合撰劇本小忽雷,雖然不成熟,卻也為桃花扇一書累積了創作的藝術經驗。也由於桃花扇借著侯、李的愛情寫出了一代王朝的興衰,等於既寫了「愛情」、也寫了「政治」,既賺人熱淚、也使人感嘆忠良始終受到迫害,加上劇本中的思想內涵以及藝術表現皆屬於上乘,在情感真摯、情節高潮迭起以及人物栩栩如生的情況下,不僅影響了後來撰寫劇本的方式,也使得後人將這本書與洪昇的長生殿視為中國戲曲史上的「雙子星」,甚至有「北孔南洪」之譽(因為孔尚任為山東人、洪昇為杭州人)。

那些說好的幸福呢:新本桃花扇的愛與傷害

　　根據學者陳美林的考證,桃花扇最初的刊本乃是康熙四十七年所刻,之後又有蘭雪堂本、西園本、暖紅堂本,其中尤以暖紅堂本為佳。三民書局所出版的原本桃花扇即是根據暖紅堂本而來,而各

位此刻手中的這個版本，則是根據暖紅堂本所改編而成，是經過數個月苦思撰寫的辛苦結晶。

　　對於改寫者而言，最大的挑戰，莫過於讀者對於原作所存留的看法（有點像是經典電影重新翻拍，稍一不慎總是引來罵聲連連）。由於這本書的原作名氣極大，內容也極豐富，特別是侯方域與李香君之間的情感由贈扇、寄扇、畫扇乃至於扯扇，象徵兩人感情由淡轉濃、由濃轉為依依不捨，雙方至死不渝的愛不僅令人動容，也凸顯了孔尚任撰文時的功力與巧思。

　　由於原作乃是提供演出之用的劇本，並非以小說的形式呈現，所以採用了大量的對白，並且加註大量動作說明。因此，為了便於閱讀，新版桃花扇改寫成小說結構，好讓讀者能夠流暢的賞析佳作，更深入的體會侯方域與李香君相知相守的愛情，以及關於南明王朝的是是非非。

　　為了方便讀者理解桃花扇，本書主要以侯、李的戀情為主軸，輔以明朝覆亡、乃至建立南明，最終又走向滅亡的結局。除了參照原作外，也在不違背原作的宗旨下，適度添加對白，並且將原本四十四齣的桃花扇濃縮為十五章，使得劇情更為緊湊，綜言之，本書的改寫著重於以下幾點：

　　其一，透過對白呈現人物塑造：無論是復社文人侯方域、陳貞慧，抑或閹黨餘孽阮大鋮、馬士英，皆依照原作透過「對白」的方式加以描寫，所以侯方域說起話來便是一派溫文儒雅的書生，而阮大鋮與馬士英則是典型的狗嘴吐不出象牙的奸臣。至於在李香君決心以死明志、拒絕田仰求婚一段裡，讀者更可經由對白語氣之激烈，看出李香君崇尚名節的信念，這與一般傳統小說著重白描的方式並不相同，也增加了本書的可讀性。

　　其二，愛情七分、政治三分：風花雪月人人愛看，批評時政人人嫌煩，為了勾起讀者的閱讀興趣，本書大量增加愛情段落，刻意

刪除與政治有關的片段，亦即採取愛情占七分、政治占三分的方式，透過對於侯、李「愛」的闡述，一反桃花扇原作只有十五齣的描述。因此本書十五章中，計有十章著重於描述侯、李愛情，對於政治片段的描述，則側重於史可法與奸臣阮大鋮等人的衝突點，以增加作品張力。

其三，既有文言文，也有白話文：本書撰寫主要以白話文為主，但桃花扇原作大量引用優美詞曲，倘若這些詞曲經過白話文「翻譯」，勢必會破壞原來的美感，故本書採取先引述「原文」，再加以解釋的做法，期盼能夠讓讀者在獲得閱讀樂趣的同時，也能夠欣賞孔尚任的典雅文筆，藉此增加國學功力。

本書改寫至尾聲時，電視上正重新播放著由織田裕二主演的日劇愛在聖誕節，那樣睽違了十多年後，依舊英俊帥氣的小生臉上也微微出現了歲月不饒人的痕跡，不免讓我意識到時光之瞬忽、肉體之不可逆。然而劇中人對於「幸福」的追求依舊，對於「愛」的困惑依舊，即使彼此相隔的那道牆能夠自由來去，心底的那副鎖卻牢牢禁錮了雙方。其中，女主角對男主角織田裕二說：「據說在北極 黃刀鎮目睹極光的情侶，將能夠獲得一輩子的幸福。」雖說如此，女主角終究因病無緣前往黃刀鎮，僅由男主角長途跋涉，在那浩瀚無邊的夜空下，那宛如碎琉璃萬花筒的星光以及乍然而至的極光，霎時使人驚動：

　　原來這就是愛啊。

　　原來愛這麼簡單，這麼深邃，這麼堅強。

然而，愛也這麼複雜，這麼不堪，這麼脆弱。

　　所幸，在這本桃花扇中，各位還不需要經歷那些屬於成人愛情裡的紛紛擾擾，只要跟著侯方域與李香君廝守終生、相愛不渝就行了。

　　所以，讓我們一同翻開桃花扇見證一場既純粹又堅定的愛情，並且在往後的日子裡學會愛與被愛，相信那些說好的幸福不會逸散，直到永遠，永遠。

寫書的人
張耀仁

　　每次他一走進教室，總會引起臺下學生的驚呼：「怎麼這麼年輕？真的是我們的老師嗎？」

　　除了老師的頭銜外，也有人叫他「年輕學者」、「耀小張」、「親愛的學長」，無論如何，他最喜歡人家以「小說家」來稱呼他，如果可以的話，他也只想一輩子寫小說、讀小說，以及出版小說。

　　他曾經得過大大小小五十餘次文學獎，也曾入選年度小說選。他想提醒這本書的讀者們，當你們翻閱本書時，說不定他就在你的身後開心地笑哩！也歡迎大家到部落格【用一個故事來換】http://blog.chinatimes.com/rennychang/，與他交流、討論淒美的桃花扇唷！

桃花扇

序場

　　從江邊望過去，南京城上烏煙密布、殺氣騰騰，淒厲的叫聲此起彼落──突然間，一支利箭「咻」的插入岸邊亂石堆中，激起眾人驚嚇，也激起年輕男子更加哀傷的哭泣。

　　「史大人！史大人！您怎麼可以說走就走！」名喚侯方域的年輕男子，站在江邊大聲哭喊：「史大人啊，您趕緊活過來救救百姓啊！史大人……」江水無情，滿腔的憤怒該向誰訴說？

　　面對江浪滔天，淚流滿面的侯方域終究喚不回一代忠臣史可法，他的身軀永遠沉入江底，永遠無法再死守揚州、抵禦南下的清兵了……只有冰冷的江水「嘩嘩嘩嘩、嘩嘩嘩嘩」的響著，彷彿冷眼旁觀一切，告訴南明王朝：

　　敗了。敗了。敗了。

　　「老天無眼，為什麼這麼狠心？」侯方域緊緊抱著史可法遺留在江邊的官帽、官袍與官靴，喃喃自語

桃花扇

2

著：「為什麼？為什麼？」

滾滾江水不發一語，淹沒了侯方域的悲傷，也淹沒了隨江漂流的南京城倒影，只有從侯方域懷中掉出來的扇子依舊嶄新，扇面上的幾朵桃花紅豔豔，像是紅豔豔的淚水，靜靜凝視著心痛的這一幕，無聲無息。

無聲無息的南京城正揚起濃密而驚人的黑煙，令人怎麼也想不到，它曾經是那樣的光鮮亮麗——曾經是熱鬧而輝煌的南明首都。

第一章

柳麻子說書高明
亂世總見兒女情

　　從南京城牆上望下去，熱鬧喧譁的街道上，滿滿都是賞花的人群，點點梅花染白了城裡城外，一看便知道是初春時節，四周迴盪著絲竹聲與脂粉味，使人一時之間幾乎忘了身處亂世，忘了在南京城好幾百里之外，「闖王」李自成組成的軍隊正在各地大肆作亂，一步步朝著北京城廝殺而去。

　　除了社會動亂不安之外，朝中政局同樣十分不安寧。萬曆年間，江南士大夫以顧憲成、高攀龍等人為首，在東林書院講學、諷議朝政，被稱為「東林黨」。而當時與他們作對的，就是由太監魏忠賢、崔呈秀等人所組成的「閹黨」。閹黨勢力龐大，只知道迎合皇上的喜好，並且結黨亂權，毫無顧忌的迫害東林黨人，導致明朝末年的政治呈現違法亂紀的狀態。直到崇禎皇帝登基，閹黨勢力才逐漸消退。

　　之後，江南士大夫又組成了一個以追求經世致用

的學問，並互相切磋知識、砥礪品行為號召的社團——復社，其中的侯方域、陳貞慧、冒襄以及方以智被稱為復社「四大公子」。四個人中，又屬侯方域最受矚目，他不僅相貌堂堂、文采翩翩，還寫得一手好字，加上祖父、父親都是正直的東林黨人，門風清高，因此頗得世人推崇。此外，成員吳次尾等人也因為經常批評時事、主張改良政治，深受地方士紳與讀書人的敬重。

這時侯方域進京趕考失敗，暫時住在莫愁湖畔，等待隔年再考。然而由於戰火不斷，以及滿腔經世濟民的理想無處發揮，因此時常對著眼前美景感嘆：「莫愁，莫愁，叫我怎麼能夠不愁呢？」幸好，還有復社成員的友誼陪伴，讓他不至於感到太寂寞。

這一天，正好是大地回春、鳥語花香的爽朗天氣，陳貞慧、吳次尾邀侯方域到一個道院裡一起賞花。

陳貞慧和吳次尾先行會合，前往道院途中，陳貞慧問：「吳兄，最近有到處作亂的盜匪消息嗎？」

「怎麼沒有？昨天聽見消息，說是那些盜匪接連打敗官兵，逐漸逼近北京城，真令人憂心啊……」吳次尾愁容滿面的說：「帶兵的左良玉將軍已經退到襄陽一帶，看來已經沒有人可以對付那些盜匪了，這該怎

麼辦才好……」

「唉，大事不妙。」陳貞慧嘆口氣。

「是啊！」吳次尾搖搖頭：「不知道局勢接下來會怎麼變化？再這樣下去，百姓們要如何生活？只怕眼前的這些美景也就像一場夢，等到夢醒了，江山換了主人，到時候我們又該向誰稱臣？」

「你我空有經世濟民的抱負，只是現在時局艱難啊！」陳貞慧說：「算了算了，今日讓我們好好欣賞梅花吧。」

兩人一邊聊，一邊走往道院，只見侯方域迎面匆匆而來，大喊：「兩位大哥，果然到得很早啊！」

「這是當然！都約好了，怎麼敢爽約？」吳次尾笑著說。

「是啊，我已經請人打掃庭院、買好酒，待會等我們坐好，就可以一面品酒、一面賞花哩。」陳貞慧高興的說。

正這麼說著，一名小僮前來稟報：「各位公子真不好意思，你們來晚了！因為有達官貴人請客看花，道院裡早被擠得水洩不通了！」

「哎呀，這麼巧……」侯方域沉吟一會兒，說：

「既然如此，我們不如走一趟秦淮河畔，那兒的景色同樣優美！」

「依我看，何必走那麼遠？」吳次尾說：「侯兄知不知道一個外號『柳麻子』的高妙說書*人——柳敬亭？聽說他現在就暫時住在這個地方，為什麼不去聽他說書，順便排解心頭的煩悶？」

侯方域一聽到「柳麻子」，不由得勃然大怒：「呸！聽說這個柳麻子最近成為閹黨『阮鬍子』阮大鋮的門客，像這種人說的書，不聽也罷！」

「哎喲，侯兄不要生氣。很多人是因為不明白阮鬍子的底細，才被他騙了。那個阮鬍子本來是東林黨人，但是貪圖個人名利，竟然投靠閹黨，反過來迫害東林黨人。現在閹黨的勢力大不如前，所以阮鬍子才避居南京城，表面上廣招人才，想與復社人士親近，暗中卻仍然結黨營私、迫害忠良。不過前幾天，我寫了一篇訴說他罪狀的文章，那些門客一知道他是閹黨爪牙，紛紛氣得離開，這個柳麻子也是其中之一。」吳次尾頓了一下，笑說：「所以說，我們難道不該敬佩他嗎？」

---

*說書：講說歷史或故事的民間藝術。

「哎呀！」侯方域一驚：「想不到說書人裡也有這樣子的正義之士。這樣吧，讓我們去會一會他！」

柳麻子雖然生了一臉坑坑疤疤的麻痘，但說起書來卻是一絕，小至蟲蟻、大至象豹，都在他的舌燦蓮花之下，生龍活虎、活靈活現，好像近在眼前，因此每次說書總是讓聽眾如痴如醉。

柳麻子看到侯方域、吳次尾、陳貞慧前來，非常高興，立即拿出說書的響板，說了一段出自論語微子太師摯適齊的故事。故事大意是說：古代魯國的樂師領隊長摯，因為看不慣貴族們違法亂紀，一氣之下便去了齊國，原本跟在他身邊一起為魯國奏樂的樂師，有的去了別的國家，有的隱身於江湖，完全不願意屈服於現實的壓力。

故事說到尾聲，柳麻子下了個結語：「正所謂：『魯國團團一座城，中閒悶煞幾英雄。荊棘叢裡難容鳳，滄海波心好變龍。』唉！魯國的政治烏煙瘴氣，英雄難以生存，就好像有刺的荊棘叢中無法容下鳳凰，只有大海波浪裡的龍才能自由自在的悠游。」

「好啊！說得好！」聽完柳麻子的說書，陳貞慧十分讚賞：「現在都是奉皇帝之命而寫的八股文*，到

哪裡去找像柳兄這麼痛快的故事？況且，柳兄說的故事，恐怕是藉此表明不屑阮鬍子的心情吧？」

「是啊！」侯方域說：「我看柳兄品德高潔，為人灑脫，想必也和我們一樣懷有遠大的志向，說書只不過是謀生的工具罷了。」

「可不是？」吳次尾搶著開口：「柳兄剛從阮鬍子那裡離開，不肯投靠別人，所以藉這故事現身說法，以表心志。」

「痛快！能結識柳兄這般性情中人，真是痛快！」侯方域想了一下，問：「不知道和你一起離開阮家的，還有哪些朋友？」

「都分散了，只有擅長唱曲的蘇崑生還住在我家隔壁。」

「這樣啊，那麼改天也要去拜訪拜訪他。」侯方域微微一笑，彎身行禮。

自從離開阮大鋮後，蘇崑生便在秦淮河畔的一座青樓裡，教導一名叫作李香君的歌伎吟唱詞曲，尤其著重於明朝知名戲曲家湯顯祖所撰的牡丹亭＊等曲目。

這天，蘇崑生走進李香君屋裡時，她正在乾

娘李貞麗的陪伴下練習新曲子，在場的還有楊龍友。楊龍友是李貞麗的舊識，也是鳳陽督撫馬士英的妹夫、阮大鋮的乾弟。楊龍友一見到蘇崑生，便笑說：「恭喜蘇兄，收了這麼一個絕頂聰明的學生！」

「哪裡哪裡。」蘇崑生說：「楊老爺過獎了，全託你的福。」

「香君拜見師父。」嬌滴滴的李香君朝蘇崑生行了個禮：「師父請坐。」

「昨天教的曲子，妳都記熟了嗎？」

「都記熟了。」

「那好。」蘇崑生吩咐：「趁楊老爺也在場，妳獻唱一曲，我順便指點一下。」

李香君清清嗓子，細細唱了起來：「良辰美景奈何天，賞心樂事誰家院……」她化身為杜麗娘，描繪著面對動人的春色不能欣賞，對上天感到抱歉，令人賞心悅目、心曠神怡的事情不知道在什麼地方的心情。

黃鶯出谷般的嗓音悠悠迴盪在寬大的房間裡，映照牆上那些文人雅士題贈給李香君的詩篇，愈發顯得

＊八股文：明清兩代科舉考試所規定的文章格式。

＊牡丹亭：描述杜麗娘在夢中遇見柳夢梅，痴情而死，後來得以復活和柳夢梅有情人終成眷屬的故事。又稱還魂記。

李香君的姿色傾國傾城，也聽得李貞麗頻頻微笑讚許。

李香君繼續唱：「牡丹雖好，他春歸怎占的先。閒凝眄，生生燕語明如剪，嚦嚦鶯聲溜的圓。」這段歌詞感嘆著：牡丹雖然美好，但是開在春天將結束的時候，怎麼能居百花之先。仔細觀看，燕子清脆的叫聲明快得就像剪刀，黃鶯清亮的聲音圓潤悅耳。

「很好，很好！」蘇崑生說。

「妙，妙！香君將牡丹亭中杜麗娘那一腔春愁，唱得情意懇切，沁入人心！」楊龍友拍手稱讚：「不愧是容貌出眾、才藝非凡的美人！」

「是啊，」李貞麗接腔，「楊老爺，你可別忘了為香君尋覓個好親事啊。」

聽了這話，李香君不禁嬌嗔：「乾娘，不是說好不提這個的嗎？」

「哎喲，有什麼好害臊？」李貞麗說：「請楊老爺多多留心，千萬要為香君的將來設想。」

「放心、放心！香君的美就像蘭花，人人都難以抵擋它的魅力啊。」楊龍友說：「何況香君這麼聰明伶俐，將來一定是個名歌伎，前來求見的人還得排隊哩。」

桃花扇

蘇崑生在一旁接著說：「名歌伎也得配個名公子啊。」

「說到名公子，我倒想起了一個人，就是復社四大公子之一的侯方域……」

「侯方域？是他……」李香君心頭一震，老早便聽旁人談論這位大名鼎鼎的復社公子，說他文采多麼精彩、人品多麼清高。因此一聽到楊龍友有意要撮合她與侯方域，雙頰不由得湧上緋紅，兩手直絞著潔白的手絹，楊龍友與蘇崑生接下來的對話，她一句也沒聽進去，只是滿心期待能見到這位名滿南京城的侯方域。

楊龍友轉頭向蘇崑生說：「說起侯公子，除了頗有文采之外，還很有正義感，大家對他政治改革的主張，也都十分讚許。要是香君能夠嫁給侯公子，那真是再好不過了，不知道蘇兄覺得怎麼樣？」

「我早就久仰侯公子大名了，他確實是個人才。」蘇崑生說：「如果香君有幸能與他結為夫妻，也算是前世修來的福氣。」

「那好，找個好日子把香君介紹給他吧。」楊龍友得意的說：「這段姻緣可以說是天作之合呀。」

李貞麗連忙說：「如果有這樣的公子願意和香君結

成夫妻，那是<u>香君</u>天大的福氣，就拜託<u>楊</u>老爺盡力幫忙，促成好事。」

「放心吧，一位是才子，一位是佳人，兩人在一起難道不是一段佳話？我會將這件事放在心上的。」<u>楊龍友</u>笑著看向窗外，意有所指的說：「瞧瞧這美好的春光，可別讓它虛度了。走吧，我們一起下樓小酌一杯吧。」

第二章　阮鬍子遭人唾棄 楊龍友獻計化解

　　過了幾天，<u>楊龍友</u>趁著天氣晴朗，前去拜訪乾哥<u>阮大鋮</u>。

　　一路上，<u>楊龍友</u>心想：「聽說大哥新創作的劇本<u>燕子箋</u>，看過的人都說妙。今天沒有事情，正好去觀賞領教一下。」轉念一想，他也不禁自我得意：「大哥擅長寫作詞曲，而我專精於書畫，可以說是各有才華。」沒多久來到<u>阮大鋮</u>家，他往書房走去，順道欣賞庭園風景。

　　山石花木顯然經過精心布置，走廊上懸掛的蒼勁書法，也是出自名家之手，萬分氣派，不過安靜無聲的庭園，卻有一絲絲清冷。

　　「唉，大哥當年在閹黨的庇蔭下，是多麼的威風啊？哪裡知道，自從閹黨失去勢力之後，人人唾罵、處處遭受攻擊，如今逼不得已，只得委屈的居住在這裡……」<u>楊龍友</u>忍不住嘆了口氣。

楊龍友朝書房位置看去：「書房外百花繽紛，十分好看，不過窗戶怎麼關得那麼緊？嗯，隱約有吟誦的聲音，想必是大哥正在裡面讀書吧，不如前去瞧瞧——」

穿過清幽的小徑，楊龍友來到書房，看見阮大鋮埋首書堆，他開玩笑的說：「哎呀！我說大哥，別只顧著看書，也要記得休息哪！詞曲雖然重要，性命也很要緊哩！」

阮大鋮抬起頭來：「啊，我還想說是誰，原來是龍友賢弟，請坐！」

楊龍友走入書房，問：「滿園子的美好春光，大哥怎麼捨得緊閉窗戶不看呢？」

「說來話長，因為我剛寫好的劇本要出版了，擔心有錯誤，所以正在校對哩。」阮大鋮揉了揉眼，笑說：「倒是今天什麼風把你吹來？」

「我聽說燕子箋已經交給戲班子演出了，風評很好，所以特地來領教。」楊龍友說。

「哎呀，那可真不巧，戲班子今天都外出演戲了。」

「啊？怎麼會這麼不巧？」楊龍友詫異的問：「他們都去哪兒啦？」

桃花扇

「有幾位公子借去欣賞了。」

「哈哈！<u>燕子箋</u>這麼搶手，大哥，看來你又要揚名<u>南京城</u>啦。」<u>楊龍友</u>大笑幾聲，又說：「既然戲班子都出去了，不如將劇本拿來，我們倆一面喝酒，一面細細品味吧。」

「好啊，我和你好久沒喝一杯啦！」<u>阮大鋮</u>吩咐：「來人啊，準備酒菜，我要和<u>楊</u>老爺在這裡小酌一番。」

兩人正聊得開心時，突然有一個僕人匆匆忙忙的前來稟告：「老爺，小的看幾位公子已經喝了不少酒，戲也演了一半，所以連忙回來告訴老爺。」

「那些公子是怎麼評論這部戲的？」

「他們非常讚賞，說您是：『真正才子、文筆不凡！』」僕人緊接著又說：「他們還說，論文采的話，老爺就像是天上被貶入人間的神仙，簡直可以做文壇的盟主啦！」

「呵呵呵，這可真是太過誇獎了。」<u>阮大鋮</u>嘴上假裝謙虛，心裡卻歡喜得不得了：「你再去打聽，然後回報給我！」

「是！」

等僕人離開之後，<u>阮大鋮</u>得意的笑說：「想不到這

些公子倒是我的知己。每天嘔心瀝血、從來沒人欣賞的創作，現在有人明白其中的好，這是頭一回啊。」他舉起酒杯，「來來來，龍友賢弟，我們好好乾一杯！」

楊龍友好奇的問：「借戲的是哪些公子？」

阮大鋮爽快的喝下一口酒，說：「就是陳貞慧、方以智、冒襄那些肚子裡有些墨水、向來自命清高的復社成員啊，他們居然懂得欣賞我寫的戲，真是令人意想不到，呵呵呵。」

楊龍友說：「因為燕子箋的詞曲的確是好啊，他們當然真心讚嘆。」

「這可不一定。」阮大鋮說：「你不知道，他們幾個可是不輕易稱讚人的，我看他們眼睛都長在頭上，高傲得很哪。」

這時候，僕人又急急忙忙跑進來：「稟老爺、稟老爺，小的看那些公子差不多把戲觀賞完，酒席也都快結束了，便趕緊來回您的話。」

「他們又說什麼啦？」阮大鋮一心以為自己就要扭轉名聲，因此眉開眼笑的問。

僕人回答：「他們說您是南方的名門望族、有才之人……」

19

「哎呀呀呀，句句都是讚美，聲聲都是鼓勵，這叫我怎麼好意思？」阮大鋮喜孜孜的繼續追問：「他們還說了些什麼？」

「他們說……」 僕人欲言又止的說：「他們說……」

「說啊，怕什麼？」

「怕老爺責罵。」

「說吧說吧，別婆婆媽媽了，快說，不罰你。」阮大鋮漲紅著臉說。

「回老爺的話，他們說老爺為什麼不愛惜羽毛，竟然投效閹黨……」僕人越說越小聲，越說越害怕。

「這就別說了！」阮大鋮臉色一變，氣憤的打斷僕人的話，勉強找個理由說：「當年有好幾個東林黨人被捉入大牢，還不是為了救那些人，我才拜魏忠賢當義父？如果我不進入閹黨，要怎麼救他們？誰知道好心沒好報，現在閹黨沒有勢力了，居然怪起我來啦！算啦算啦，還好京城寬廣，容得下我這樣落魄的人。我在庫司坊買了這房子，平常，只要有朝廷大臣願意與我往來，我絕對出錢出力；遇到不得志的正人君子，我也立刻收留他們，這些作為，也算得上是彌補過去的錯，是吧？」

桃花扇

楊龍友急忙附和：「是啊，大哥已經付出不少代價了。」

「哼！」阮大鋮一臉不悅的叨念著：「就連我住的這『庫司坊』，也被戲稱為『褲子襠』，你說氣不氣人？要是老天有眼讓我再度得勢的話，那我也管不了什麼名聲，一定要狠狠對付那些對我冷嘲熱諷的傢伙！什麼復社四公子，我呸！」

「大哥不要生氣，現在庭園中滿是春色，來來來，多喝幾杯吧，就別老提那些不愉快的事了！」楊龍友拿起酒杯勸酒。

「算啦！算啦！」阮大鋮擺擺手，卻依舊不死心的追問：「他們還有說其他的嗎？」

「他們還說……」僕人一臉惶恐，不敢說話。

「說吧、說吧！」阮大鋮不耐煩的催促。

僕人回答：「他們說，老爺認賊作父，不要臉，根本是狗仗人勢！」

「放屁！」阮大鋮酒杯一丟，氣得全身發抖：「這些不知好歹的傢伙，居然罵起我來了，簡直可恨！」

楊龍友連忙安撫：「大哥，別氣了！那些都是過去的事，改天我再向他們好好說明就好了。」

　　阮大鋮氣得牙癢癢的，怒罵：「你評評理！幾天前我到廟裡祭拜神佛，結果莫名其妙被陳貞慧這幾個人指著鼻子罵，還被他們追著打。你看看，我好端端的鬍鬚竟然被拔掉了！別的不說，就說今天，我好心借戲給他們，沒想到又被這些自命清高的人亂罵一通……」

　　「哎呀，大哥你順順氣。」楊龍友想了想，說：「我有個辦法，可以化解大哥與各位公子之間的誤會，但不知道大哥願不願意？」

　　「你說吧。」

　　「大哥知道陳貞慧、吳次尾是這些公子的領袖嗎？」

「知道啊，然後呢？」

「要是能和這兩人打好關係，那麼這些公子與大哥就能相安無事了。」

「我怎麼沒想到這一步？」阮大鋮拍手大笑，想了一下，又說：「只不過……不知道誰能幫我勸勸他們？」

楊龍友說：「這倒不難，侯方域與這兩位公子是好友，只要侯公子願意出面，他們兩個一定會聽的。」

「喔？聽起來不錯，但他怎麼肯幫我說話？」

「侯公子目前住在莫愁湖畔，想要找一位美人陪伴，前幾天我幫他找了一位名叫李香君的歌伎，容貌與才藝在南京城中都是第一，他肯定會喜歡。只是戰亂四起，難以互通消息，因此侯方域沒有家中金錢的支援，恐怕無法迎娶李香君。要是……」

「要是什麼？」阮大鋮連忙追問。

「要是大哥肯為他出點錢，讓他與李香君結為夫妻，然後拜託他幫忙排解陳貞慧與吳次尾對你的誤解，這麼一來，不是就解決了嗎？」

「妙！妙！果然是個妙計！」阮大鋮喜上眉梢，還攀親帶故的說：「這個侯方域算來也是我的遠親世姪，照理說該好好照顧他。只不過，不知道需要多少

錢？」

「嗯……聘禮、嫁妝和酒席等等，大約需要二百多兩吧。」楊龍友回答。

「這有什麼難？」阮大鋮爽快的說：「明天我請人送三百兩到你家，一切就麻煩你了。」

「大哥客氣了。」楊龍友向阮大鋮致謝：「一點小事，不用放在心上，況且我也開心見到你們能和平相處啊。」

談妥事情，阮大鋮放下了心頭的一塊大石頭。二人舉起酒杯互相敬賀，痛快飲酒，欣賞春景。

桃花扇

第三章　才子佳人初相逢
　　　　　　有情人終成眷屬

　　這一天，剛好是豔陽高照的清明節，侯方域一個人悶得發慌，突然想起前幾天，楊龍友曾向他大力誇讚秦淮河畔的歌伎李香君生得如何美麗、聲音如何美妙，可以說是集所有歌伎的才貌於一身。

　　「唉！楊兄勸我把握機會，迎娶香君姑娘。但這需要一筆不小的花費，現在我手頭不怎麼寬裕，這……簡直是一種奢侈的心願。」侯方域想著：「罷了罷了，難得今天天氣這麼好，就算沒有閒錢，去秦淮河畔走走，也沒什麼關係。」

　　一路上，花朵繽紛，鳥鳴婉轉，往城郊望去，整排的楊柳在風中輕輕翻飛，簡直是一幅無比動人的美麗景色。侯方域愜意的走著，這邊看看、那邊瞧瞧，突然聽見身後有人叫他：「侯公子、侯公子！」

　　侯方域回過頭，認出朝他走來的人的身分：「啊，原來是柳兄，幾天不見，到現在還經常想起你精彩的

說書呢。」

「哪兒的話？只不過是雕蟲小技而已。」柳麻子一笑，問：「侯公子打算去哪裡踏青嗎？」

「是啊，我想去秦淮河畔走走，正苦惱找不到同遊的人呢。」

「那剛巧，我正好沒事，陪你走走逛逛，倒不失風雅。」

兩個人便同行走到秦淮河畔，一眼望去，河畔綠草如茵，陽光溫暖的勾勒出杏花的嬌羞，空氣中充滿了芬芳氣味。侯方域不由得伸了伸筋骨，說：「柳兄你瞧，多麼美好的春光！」

「可不是，沒想到不知不覺就到這河畔來啦。前面那條巷子裡，住的可都是一些有名的歌伎哩。」柳麻子指著其中一扇特別高的門，說：「這道門裡面，住的便是我的舊識李貞麗。」

「李貞麗？不知她與李香君是不是有關係？」想到李香君，侯方域有些緊張，他擦擦額上的汗：「請問柳兄，你知道李香君住在哪一扇門裡嗎？」

「侯公子不知道李香君就是李貞麗的女兒嗎？」柳麻子驚訝的說。

桃花扇

26

侯方域一愣，立刻開心笑說：「那太好了！我想見

見她，不知道有沒有機會呢？」

「這有什麼難的！」柳麻子朝那扇高門敲了敲，表明要找李香君與李貞麗。僕人從門內回話：「貞麗姐以及香君姐她們都不在，去卞姨娘家中聚會了，改日請早吧。」

「哈哈，我真是糊塗，居然忘啦！」柳麻子拍了拍後腦勺：「今天正好是歌伎們的『盒子會』哩。」

「盒子會？那是什麼？」侯方域不明白。

「我們先往卞玉京住的煖翠樓走，我再說給你聽！」柳麻子帶著侯方域穿過熱鬧的街道，一路上人潮洶湧，耳邊盡是小販的叫賣聲，茶樓酒店的茶香、酒香也不時撲入鼻間。

柳麻子開口說明：「侯公子有所不知，許多歌伎們結拜為乾姐妹，每到清明節便在

桃花扇

盒子中裝入珍奇物品，以物品的精美程度來一較高下，她們之間也會比較彈琴、吹簫一類的才藝，非常熱鬧。」

「原來這麼有趣。那麼，男子也可以加入嗎？」

「當然不行！」柳麻子說：

「男子只能在樓下欣賞她們的歌聲、琴藝。」

「這樣啊……」侯方域難掩失望之情。

「不過，如果男子聽得順耳，可把信物往上丟，假使歌伎也喜歡對方的話，她們便會拋下水果，雙方便可以相約見面。」彷彿看穿了侯方域的心思般，柳麻子緩緩補上這句話。

侯方域眉開眼笑的說：「原來如此！看來我也要會一會她們了。」

說著說著，兩人已經到了煖翠樓。柳麻子正要帶侯方域進樓，只見迎面走來了兩個人，原來是楊龍友與蘇崑生。楊龍友先打了招呼：「侯兄、柳兄，幾日不見，竟然在這裡巧遇，真是難得啊！」

「是啊，好巧。楊兄最近還好嗎？」侯方域見楊龍友以微笑點頭作為回答後，望向楊龍友身邊的人。因為並不認識，他便問：「這位是？」

楊龍友沒說話，反倒是柳麻子開口介紹：「這位就是蘇崑生，目前在香君姑娘那兒教她唱曲。」

侯方域連忙拱手行禮，說：「原來是蘇兄，前幾天聽說你的事，正想找機會前去拜訪，沒想到就在這兒巧遇，真是太好了！」

「我也很想認識侯公子呢！不過這並不是巧遇，」

蘇崑生邊說邊笑，「我們啊，是特別為了侯公子的喜事來的。」

「我的喜事？」侯方域指著自己，不明白蘇崑生在說什麼。

柳麻子笑說：「呵呵，既然是喜事，那就不必在這兒罰站了，進樓去坐吧。」

眾人坐定之後，侯方域環顧四周，不由得讚許：「窗明几淨，好一個煖翠樓！」

蘇崑生說：「侯兄，你別只顧著讚嘆煖翠樓，也要聽聽樓上香君奏的琴、唱的曲。」

侯方域這才凝神傾聽，悠揚的絲竹聲好像浩瀚大海激昂澎湃，又如行雲流水悠然自在，不禁令人心神蕩漾，久久無法自已。侯方域忍不住喝采：「好啊！這樂聲聽得我魂不守舍哩！」

柳麻子見侯方域聽得如痴如醉，推推他的手，示意他可將信物往上丟。

侯方域回過神來，趕緊將一把檀香扇拋到樓上，嚷著：「但願這把名扇能打動美人的心！」

過沒多久，樓上拋下用白手帕包裹的櫻桃，眾人大呼：「有趣！有趣！想不到這時候竟然有櫻桃！」

「不過不知道是哪位姑娘扔下來的？」侯方域說：

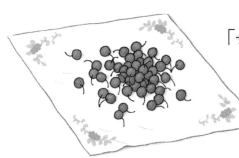

「如果是香君姑娘該有多好！」

楊龍友仔細觀察手帕，說：「這麼潔白如絲的手帕，肯定是香君的，錯不了！」

「啊，你們看，說美人，美人就到！」蘇崑生扯了扯兩人的袖口：「簡直是天仙下凡哪。」

陣陣芳香從李香君身上飄逸出來，在李貞麗的陪同下，她緩緩走到眾人面前，好似一朵潔白的百合花，令侯方域看傻了眼。這時候，楊龍友起身向侯方域介紹：「侯兄，這一位是貞麗姑娘，這一位是香君姑娘，兩位都是京城有名的歌伎。」

侯方域回過神來，彎身行禮：「我是來自河南的侯方域，一向對香君姑娘十分傾慕，好不容易今天才能見上一面。果然如楊兄所形容，香君姑娘美麗動人，可說是南京城第一！」

這樣的讚美，李香君已經聽過不下百遍，但是從侯方域口中說出，卻格外有意義，更使得她臉紅心跳，一句話也答不上來。

楊龍友見李香君嬌羞的模樣，心裡已經明白，笑

說：「可不是，香君不僅貌美，就連堅貞的性格也深受文人雅士敬重。你真該去香君姑娘的住處看看，那些牆上題贈的詩篇，沒有一篇不是讚美香君的。其中還有復社前輩的詩，另外還有名畫家藍瑛所繪的山水呢！」

「啊，傳言果然不假。」侯方域不停的稱讚，又行了個禮：「這就讓人更加景仰香君姑娘了。」

李香君羞赧的笑了笑，說：「侯公子過獎了，你的文名與為人，楊老爺與蘇師父都經常提起，還聽說侯公子對當今局勢提出批評與建言，讓我非常欽慕，能夠與你見面，實在是我的福氣。」兩人四目相接，儘管只是一瞬間，卻好像是天長地久，彼此沉浸在滿溢的情感裡。

楊龍友與蘇崑生、李貞麗互相交換了一個眼神，笑呵呵的招呼：「坐吧、坐吧。」

李貞麗大獻殷勤的為眾人斟茶：「這是虎丘的新茶，特別泡來給各位品嘗的。」

李香君依依不捨的收回視線，轉向眾人盈盈一笑，說：「今天有幸與各位文人雅士煮茶賞花，萬分愜意，尤其綠楊柳、紅杏花，點綴得春季熱鬧又美麗。在這美景之下，我

以茶代酒敬各位一杯。」

侯方域沉醉在李香君的笑容裡，沒注意到茶水熱燙，端起茶杯就喝，卻被燙了口，連忙鬆手，立刻灑了滿身茶水，慌得起身胡亂撥了一番，萬分狼狽。他免不了又是彎身又是行禮的道歉，引得眾人哈哈大笑。

「美景、美人配名士……」楊龍友有意的看了侯方域一眼，「這麼棒的聚會，那怎麼能少了酒？」

「這裡是由卞玉京作主，不過她正招呼其他姐妹，不方便下樓，今天就由我替她來招待各位。」李貞麗說完，便命僕人提酒備菜。眾人便一面飲酒、一面賞景。

相處才不過半天，李香君與侯方域卻覺得已經相識一生一世。侯方域無聲的問：「信我嗎？」

李香君心語回答：「我信你！」幸福，在兩人心湖漾開，在兩人眼中說定，一切那樣自然而情意滿滿。

酒酣耳熱時，楊龍友突然拉起侯方域與李香君的手，說：「才子佳人難得碰面，兩人是不是該喝杯交心酒啊？」

李香君害羞得用袖子遮住了臉，站起身來便往樓上躲去，留下呆呆望著佳人背影的侯方域。

蘇崑生問侯方域：「侯兄，幾天前楊兄曾經向你提

到與<u>香君</u>的婚事，不知道你覺得如何呢？」

<u>侯方域</u>笑答：「這就像秀才考中狀元，我哪有什麼不肯的？只不過不曉得<u>香君</u>姑娘是不是願意？」

「呵呵！」<u>楊龍友</u>說：「你難道看不出來嗎？剛剛<u>香君</u>的眼神可是充滿了情意啊。」

「我也有感覺到，只是……」<u>侯方域</u>不知如何開口，「能與<u>香君</u>姑娘結為夫妻，我是求之不得啊！但是……慚愧慚愧！我沒有可以迎娶<u>香君</u>姑娘的銀兩啊！」

「如果是錢的事，就不用擔心了。」<u>楊龍友</u>說：「我會將聘禮準備好的。」

<u>李貞麗</u>聽到<u>楊龍友</u>說會備妥聘禮，不等<u>侯方域</u>說話就開心的說：「哎呀，真是想不到！我們家的<u>香君</u>可以認識這麼一位翩翩公子，這是幾輩子修來的福氣呀？那我們就找個好日子讓他們完婚吧。」

「好啊、好啊，我得趕快準備好聘禮，讓<u>侯</u>兄與<u>香君</u>早點成親。」<u>楊龍友</u>連連附和，<u>蘇崑生</u>也在一旁叫好。

<u>楊龍友</u>見<u>侯方域</u>仍舊猶豫，知道他不想欠自己人情，便一派輕鬆的說：「放心吧，<u>侯</u>兄，我自有安排，聘禮就包在我身上，你不必煩惱。」

「那怎麼好意思？」<u>侯方域</u>雖然不太願意，但在

眾人勸說下也只能同意了。

「小事一樁，不需要放在心上。」楊龍友揮了揮手，說：「那麼，這事就這麼說定了。」

楊龍友開心成就一樁美事，也不辜負阮大鋮的請託；李貞麗對李香君終身有所依託而感到欣喜；蘇崑生高興一對璧人終成眷屬；至於侯方域則像漫步雲端，飄飄然不怎麼踏實。

侯方域與李香君便在楊龍友等人的協助下，結為夫妻。婚禮當天，楊龍友託人送來了整箱的首飾、衣物，又找了知名演員丁繼之、沈公憲、張燕筑等人助興，還請了知名的卞玉京、寇白門、鄭妥娘等歌伎，幾個人敲敲打打，又是奉酒，又是吹奏樂器，使得整個喜宴非常歡樂。

酒過三巡之後，丁繼之說：「呵呵，太陽西下，就快要天黑囉！我們該送新人回房啦。」

沈公憲笑說：「急什麼？侯公子是當今的江南才子，和香君姑娘結為夫妻，怎麼能沒有定情之物？」

侯方域突然窘了，聘禮全靠楊龍友幫忙，他實在拿不出什麼珍珠、瑪瑙之類的定情物。不過他身上有

一把檀香白紗折扇，雖然不是貴重的東西，但帶著好些年了，也能稍稍表示他對李香君的一片心意，便說：「我有一把隨身攜帶的扇子，不如就在上面題字送給香君，作為我們山盟海誓的信物吧。」

「太好了！」在眾人的注視下，侯方域緩緩展開扇面，拿起筆輕蘸黑墨，對李香君一笑，便龍飛鳳舞的寫下：「夾道朱樓一徑斜，王孫初御富平車，青溪盡是辛夷樹，不及東風桃李花。」這是指辛夷樹雖然名貴，但卻比不上桃李花的豔麗可愛，並以桃李花比喻李香君。

「妙！那一點一橫、一撇一劃，看起來瀟灑暢快，如同隨風飄舞的桃花；細瞧卻雄健挺拔，像寒冬屹立的白梅。侯兄筆下有豔麗如桃李的香君，更有堅貞如寒梅的濃情。」

「好詩！好詩！辛夷樹雖然名貴，卻比不上桃李的美好，就像王公貴族雖然生活富裕，但假使少了李香君的陪伴，便沒有任何意義。」

眾人喧鬧著要李香君將扇子收下。李香君嬌羞的將扇子收入袖口，含情脈脈的望著侯方域，而侯方域則柔情似水的握緊了李香君的手。

眾人又起鬨要兩人喝交杯酒，宴會正熱鬧時，楊

龍友正好派人送來祝賀詩：「生小傾城是李香，懷中婀娜袖中藏。緣何十二巫峰女，夢裡偏來見楚王。」這詩用了楚王與巫山神女的故事，指李香君的美令侯方域著迷，不得不將她納入衣袖中，結為夫妻。

侯方域讀完詩，不停的直笑說：「妙！妙！想不到楊兄也是個多情人，竟然送來這麼一首情詩！」

「可不是？『懷中婀娜袖中藏』，說的不正是香君姑娘嬌小的身材嗎？」張燕筑說。

「來來來，廢話少說，大家快點吹奏樂器，好讓新人多喝幾杯！」丁繼之說。

「是啊，沒有酒意，怎麼入洞房！」眾人又是笑、又是鬧，直到夜深了，才把兩人送入洞房，各自返家。

桃花扇

第四章 侯方域寫詩獻妻
李香君怒拒權貴

　　隔天一早，楊龍友前去祝賀侯方域與李香君，僕人遠遠的見到他，便馬上通報李貞麗。

　　李貞麗一聽是楊龍友，連忙出門迎接：「多謝老爺，成全我們家香君的一世姻緣！」

　　「妳可別這麼說。」楊龍友問：「他們還沒起床嗎？」

　　「昨天晚睡，兩人都還在房間裡呢。」李貞麗說：「楊老爺請坐，我這就去催促他們。」

　　「別急、別急！」楊龍友笑說：「濃情蜜意就像剛釀好的酒，美味無比，別打擾了他們。」

　　「哪有讓楊老爺在這裡枯等的道理？」李貞麗笑了一聲，便進到後廂房去了。

　　過一會兒，李貞麗走了出來，邊笑說：「哎呀呀，兩人剛梳洗完畢，衣服正穿到一半哩。還請楊老爺稍待，等他們出來，一起喝杯醒酒湯！」

「沒關係、沒關係。」楊龍友擺擺手說。

不一會兒，侯方域與李香君兩人面帶紅暈，滿身香氣的迎面走來。只見李香君一頭烏黑秀髮梳成髻，簪上幾朵翠綠珠花，一襲桃紅錦緞衣裳，腰間環珮叮噹——好一個國色天香的佳人。

楊龍友一見到他們便嚷：「恭喜！恭喜！兩位終於起來啦！」他停了停，又說：「昨晚我送來的祝賀詩，不知道有沒有符合呢？」

侯方域拱手道謝：「感謝楊兄，你的詩絕妙無比，只不過有一項不太符合……」

「哪一項？」楊龍友不禁好奇。

「香君嬌小歸嬌小，應該是藏在金屋才對。」侯方域打量著自己的衣袖：「我的袖口……恐怕是容不下她吧！」

「呵呵，你真愛說笑。」楊龍友說：「昨夜大喜之日，猜想你一定有佳作詩句，就請侯兄拿出來分享分享吧。」

侯方域說：「草草寫成的詩，不敢辱了楊兄的眼。」

「哪兒的話？」楊龍友說：「你客氣了！」

「楊老爺滿腹詩書，相公不妨請他指點一下。」

桃花扇

李香君勸說。她看侯方域點頭同意，便慎重的從袖裡取出扇子，雙手奉上，說：「相公寫在這兒呢。」

「這把折扇製作精巧，香味襲人，肯定是難得的工藝作品！」楊龍友接過扇子，朝題詩的地方一看，連連稱讚：「好詩！好詩！用來描述香君最適合了！」

「侯兄所有的情意都寫在這把扇子上了，香君一定要將它收好啊。」楊龍友將扇子還給李香君，轉向侯方域說：「侯兄有福氣，能夠和香君這樣的美人結成夫妻，你瞧瞧，香君今天更加美豔動人了！」

「是啊！」侯方域情意綿綿的牽起李香君的手：「香君本來就是花容月貌，今天又有楊兄送來的飾品，十分的容貌又增添二分姿色，簡直就是仙女下凡！」

「這都要謝謝楊老爺的幫忙哩。」李貞麗在一旁道謝。

桃花扇

「是啊，是該謝謝楊老爺。只不過，我看楊老爺雖然是馬士英的妹夫，卻也不是出手奢侈的人……」李香君慎重的向楊龍友行了個禮，才說：「說真的，這筆錢香君受之有愧，而楊老爺也沒道理這樣揮霍。不知道你為什麼要把這筆錢花在我們身上呢？還盼

望楊老爺告知，日後也好讓我們回報你的大恩大德。」

「說得也是。」侯方域接著說：「有好幾次我也想問楊兄，卻都被你打斷，我實在是被感情沖昏了頭……現在想想，我與楊兄雖然有些交情，但你所花的銀兩太多，恩情不免太過厚重，讓我心底深深感到不安。」

「這該怎麼說呢……」楊龍友想了想，說：「原本我打算過些日子再把這件事說出來，但是既然你們問起了，我也只好據實以告。那些嫁妝、珠寶以及酒席的花費，其實都是阮大鋮阮兄出的錢。」

「阮大鋮？」侯方域問：「就是那個曾經投靠閹黨的阮鬍子嗎？」

楊龍友點了點頭。

「他為什麼這麼大費周章？我和他根本毫無交情啊。」侯方域不明白。

「他只不過想和你做個朋友罷了。」楊龍友說：「他仰慕你人品好，文章又寫得精彩，人人讚譽有加，因此聽說你打算迎娶佳人，二話不說，馬上出錢為你打點鴛鴦被、芙蓉帳等物品，可說是費盡心思哪。」

侯方域說：「阮大鋮雖然是前輩，但是

因為我鄙視他的為人，所以不屑和他往來。他今天這麼費心幫我打點一切，恐怕不懷好意！」

「不是這樣的。」楊龍友忙說：「阮兄有一段苦衷，想向你解釋。」

「還請你賜教。」

「阮兄與一些東林黨人是同門師兄弟，雖然他結交閹黨，但實際上是為了救東林黨人。怎麼知道閹黨沒多久便失勢了，從此以後，他反而被東林黨人瞧不起，與他勢不兩立。」楊龍友繼續說：「前陣子阮兄到孔廟祭祀，卻遭到陳貞慧、吳次尾對他又罵又打，他百口莫辯，只好每天向老天爺哭訴：『同樣身為讀書人，卻這樣彼此仇恨，真是令人傷心啊！看來，只有河南的才子侯方域能夠救我了！』」

楊龍友向侯方域拱手行禮：「所以他誠心誠意的花錢、送禮，並請我居中協助，就是為了與你結交，做個朋友。」

李香君在一旁聽了，不等侯方域回話，便不由得氣得漲紅了臉，大罵：「阮大鋮攀炎附勢、無恥貪汙，就連婦人與小孩也要罵他、吐他口水的！像這種別人都要爭相責罵的貨色，楊老爺卻拚命的維護，讓人知道了，你要如何維護自己的名聲？」

桃花扇

楊龍友被李香君說得滿臉通紅，一時說不出話來。李香君見侯方域仍有些猶豫，便繼續說：「雖然我是一名歌伎，但做人的道理我是懂的！我之所以與相公在一起，看重的便是相公是個嫉惡如仇的忠義之士。如今因為阮大鋮資助嫁妝、宴席酒錢，相公就要忘記本分而不與我同聲譴責的話，那就算有幾百件的漂亮衣服與首飾，我也是不會放在眼裡的！」

　　她立刻拔掉髮飾、脫掉外衣，說：「窮沒有關係！就算只有粗衣粗布，我李香君也甘之如飴，我就是不屑與阮大鋮為伍！」

　　「唉呀！」楊龍友臉上一陣紅、一陣白：「沒想到香君的脾氣竟然這麼剛烈啊！」

　　李貞麗忙著撿起李香君脫下的衣服、髮飾，說：「就是說啊，可是這些好好的東西丟了一地，真是可惜！」

　　反倒是侯方域稱讚說：「好！好！有這樣的見識，我真是比不上香君了！香君果然是我深愛的妻子，也是我敬畏的朋友！這輩子能夠認識香君，算是我上輩子修來的福氣！」接著便向楊龍友說：「這樣吧，請楊兄轉告那個阮鬍子，我侯方域絕不可能接受他的好處！想想他當年投靠閹黨，認賊作父，已經是不孝不義，

現在又聽說他暗中結黨營私，不知道又會做出什麼勾當！像這樣的人，要如何救他？再說，復社那些朋友看重我，也就是因為我這點義氣，我怎麼能拋棄正道，同流合汙！」

「欸，看來阮兄的一片好意，無論如何都無法打動兩位了。」楊龍友說：「既然這樣，我就告辭了。」

「等等！」侯方域指著那些裝著衣物、飾品的箱子，說：「這些都是阮家的東西，香君用不上，留著也沒用，就請楊兄帶走吧。」

「你們兩個可別做得太絕啊，畢竟對方可是阮大鋮哩。」楊龍友嘆了口氣，說：「乘興而來，敗興而歸唷。」

楊龍友離開之後，侯方域看著李香君說：「我看香君國色天香，拿掉那些庸俗的珠寶、華服，加上了高尚的浩然正氣，原本十分的容貌又增添十分，簡直更讓人無法移開目光了！」

桃花扇

「相公別這麼說，只要你能夠與香君同心同德，一起廝守到老，就算再窮，也是最美的事了。」李香君說。

一旁的李貞麗不停嘆氣：「話是這麼說沒錯，只不過……可惜了那些東西。」

「那點東西哪裡需要放在心上？」侯方域笑說：「我會照樣賠給妳的。」

　　「希望是這樣才好哩。」李貞麗喃喃碎念，轉身走入內院。

　　侯方域與李香君兩人相互依偎，共同欣賞著窗外的景色，嬌嫩的桃花在陽光下輕輕擺動，影子也像跳舞那樣輕輕顫了一下。厚實的陽光灑在兩人身上，勾勒出緊緊依靠的身形，那身影看來濃情蜜意，像是春天裡最值得留住的一幕風景。

桃花扇

第五章　左良玉出兵反叛　柳麻子冒險送信

　　過了幾天，侯方域閒來無事，打算到客棧去找柳麻子，聽他說書解悶。一到客棧，侯方域發覺竟然沒有半個聽眾，忍不住問柳麻子：「沒有聽眾，不知道柳兄打算說給誰聽？」

　　「呵呵，這個嘛……」柳麻子說：「侯公子，說書就是我的本業，無論有沒有客人都要說的，難道侯公子坐在書房裡彈琴吟詩，也要說給別人聽嗎？」

　　「有道理、有道理！」侯方域連連稱讚。

　　柳麻子問：「不曉得侯公子今天想要聽哪一朝的故事呢？」

　　「隨你的方便，就挑熱鬧、爽快的情節說吧。」

　　「我說侯公子啊，」柳麻子笑了一下，「正所謂『熱鬧就是冷淡的開端，爽快就是牽絆的來源』，倒不如說些孤臣孽子的故事，賺取聽眾的眼淚吧。」

　　侯方域心底一驚，嘆：「想不到他居然將世事看得

這麼透徹，一句話就說盡了盛極必衰的道理，可敬、可敬！」

兩人正說著話，楊龍友神色匆匆的跑進客棧，喊著：「一路上尋尋覓覓急死人，沒想到侯兄竟然待在這裡！」

「楊兄來得正好，來聽柳兄說書。」侯方域招呼著。

「現在是什麼時候，哪還有心情聽他說書！」楊龍友滿頭大汗的說。

「什麼事讓你這麼慌張？」

「你還不知道嗎？」楊龍友喘口氣說：「原本鎮守湖北、湖南一帶的左良玉將軍，因為軍糧不足，打算領兵到南京城，準備來搶奪食糧，防守南京城的熊明

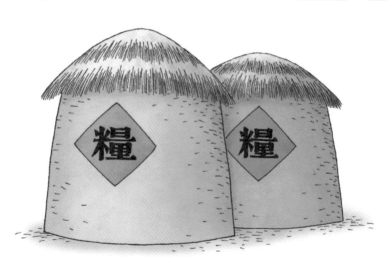

玉將軍完全束手無策啊！」

「怎麼會這樣？」侯方域大吃一驚：「幾天前才聽說左良玉將軍退守襄陽，現在竟然要反叛朝廷？」

「可不是！」楊龍友說：「所以我受熊明玉將軍所託，前來請你幫幫忙啊。」

侯方域問：「我能夠幫上什麼忙？楊兄有什麼妙計？」

「我聽說左將軍原本是掌管一省軍事的指揮官，卻因為得罪朝廷權貴而被迫罷職。所幸得到當時擔任總督的侯恂老先生賞識，被他提拔為將官。在短短不到一年的時間，左將軍因為南征北討有功，被委以鎮守湖北一帶的重任。這樣說來，你父親可說是左將軍的恩師，如果他肯寫信給左將軍，必定可以勸退他，不知道侯兄覺得如何？」

「這計雖好，」侯方域猶豫了一下，「不過父親已經退隱山林、不問世事了，而且就算他願意寫信，也不一定有用，再加上漫長的送信路程，要怎麼解救眼前的危急？」

楊龍友說：「這我也不是沒想過，如果侯兄能夠以父親的名義寫一封信給左將軍，先安撫他的叛心，日後再稟告侯老先生，相信他老人家也可以諒解的。」

「哎呀，楊兄，是我愚昧。」侯方域說：「權宜之計倒也可行，那讓我起個草稿，明天再商量，好嗎？」

「事不宜遲，怎麼能等到明天呢？現在就寫！」楊龍友急忙催促。說著，他便拿來紙筆，請侯方域模仿父親的字跡、語氣寫信。侯方域知道事情緊急，也不推託，立刻提筆寫信。

「我不顧自己的愚昧，勸左將軍多多思量，軍隊移防應該要師出有名，否則容易受到世人的猜疑，就算是面對缺糧、缺柴的情況，也應該堅持原本的志向，保持一片忠心以報效國家！」

楊龍友看完信，不停稱讚：「寫得好！有情有理，叫他不能不依，也不敢不依！」

「雖然如此，也應該要把信送給熊將軍看一看才是。」侯方域說。

「沒時間了！改天我再向他說明吧。」楊龍友皺起眉頭，苦惱的說：「不過雖然信有了，但還需要送信的人，而且又是這麼機密的信件……」

一直在旁邊靜靜聽他們說話的柳麻子突然說話：「楊老爺別慌，讓我試試好嗎？」

楊龍友說：「柳兄肯去是再好也不過了，只不過這一路上有許多崗哨，都得經過細細盤查，可不是件容

易的事。」

　　柳麻子端正臉色，說：「我並不是個只會吃飯喝酒的貨色，那些隨機應變的話語、左衝右擋的力量，我都具備。」

　　「就算過了崗哨盤查，」侯方域憂心的再提出一個困難點，「聽說左良玉將軍的軍隊管理森嚴，任何陌生人等都不准進入，你要怎麼見他？」

　　「楊老爺、侯公子請放心，我有策略。」柳麻子拍拍胸脯回答。

　　「那就萬事拜託了。」楊龍友拱手一拜。

　　「到時候我肯定把他罵個臭頭！」柳麻子笑說：「我倒要問問他：『原本要防賊，現在自己卻做起賊來，應該不應該？』」

　　「好啊，說得比我的信還要明白！」侯方域讚賞的說。

　　楊龍友說：「那麼你快去收拾行李，我替你送錢來，今夜就得要出城去才好。」

　　「沒問題。」柳麻子說：「我馬上啟程，感激楊老爺的重用！」

　　柳麻子片刻也沒休息，冒著危險，沿著長江一路

而去。他邊趕路邊想：「奇怪，人家都說長江一帶有亂兵搶奪糧食，怎麼已經到了武昌城外，卻還是看不見半個士兵？想必是謠傳了。我看我就在這裡換上好鞋、好帽，然後向左良玉將軍送信去！」

柳麻子才剛換好衣著，迎面走來兩個行色匆匆的士兵，他們邊走邊議論：「從前人家說『一個兵可以吃三份糧』，現在呢？社會動亂，一切都走樣啦，根本就是『千百個兵卻沒有一份糧』！」

其中一個說：「這麼說來，我們豈不是要餓死啦？」

另一個說：「可不是？前幾天大家向左將軍抗議，將軍答應要帶我們到南京城取糧，結果呢，這幾天又沒有動靜，想必是變卦了吧？」

「唉，廢話少說，趕快到軍營點名，不然就來不及了！」

柳麻子趕緊走上前，彎身行禮問：「請問兩位，左良玉將軍的軍營要往哪裡走？」

兩名士兵竊竊私語：「這個老頭的口音聽起來不像

是本地人，我想他要不是逃兵，就是盜匪，我們乾脆把他捉起來，敲詐他幾文錢，還可以拿去買飯吃！」

商量好了，兩人便趁柳麻子不注意，用繩索套住他，惹得柳麻子大叫：「怎麼突然把我綁起來啦？」

「我們是負責巡邏的士兵，不綁你，要綁誰啊？」兩名士兵大喝。

柳麻子掙扎著推倒兩人：「我呸！我還想是什麼貨色呢，原來是兩個不長眼的乞丐，怪不得餓得東倒西歪！」

「你怎麼知道我們餓得受不了？」

「如果不是因為你們在捱餓，我幹嘛到這裡來。」柳麻子說。

「哎呀，這麼說來，你是送軍糧來的囉？」

「不然依你們看，我像做什麼的？」

一聽柳麻子送糧前來，兩名士兵開心的說：「我們真是有眼不識泰山！趕快，快護送他到軍營去！」

來到軍營，兩名士兵稟報過後，立即帶著柳麻子入內。

看守將軍營帳的武官悶哼一聲，看了柳麻子一眼，說：「你說你押送軍糧來這裡，有公文證明嗎？」

桃花扇

「沒有公文，只有信函。」柳麻子回答。

「這就可疑了，只有一封信？」武官將柳麻子從頭到腳打量一番後，說：「看你的神情，肯定不是逃兵就是盜匪！」

柳麻子反駁：「你說這話就不對了，我要是逃兵或盜匪，幹嘛自己往軍營裡來？」

「也對！」武官想了想，說：「那把信拿來吧。」

「請你見諒。」柳麻子說：「這是一封密函，我要當面交給左將軍。」

「咦？這就更加令人懷疑了。你在外面等著，等我稟告將軍後再說。」

這時，左良玉正為了糧食的事而左右為難，「前幾天因為士兵受不了飢餓，而聚集起來抗議，我只好答應他們到南京城取糧。想不到消息一傳出去，馬上有街談巷語說我要進攻南京城，懷有叛心。唉！想我赤膽忠心，卻被這樣子誤解！罷了，聽說九江援助的軍糧過沒幾天就到，那時便能解決現在騎虎難下的困境。」想到這裡，正巧武官入內稟告柳麻子一事。

「是嗎？」左良玉喜出望外：「糧食果然到了，真是可喜可賀！不知道他帶來的是哪個衙門的公文？」

「啟稟將軍，沒有公文，」武官回答：「只有密函

一封，他說要當面拿給將軍。」

「這就怪了，會不會是奸細？」左良玉雖然有些猶豫，又暗自希望送糧的事是真的，因此還是命令武官：「讓他進來！」

柳麻子一見到左良玉，便跪下叩頭說：「將軍在上，請受柳敬亭一拜。」

左良玉劈頭便問：「你既然是送糧來，為什麼沒有公文只有密函？從實招來，我可不容許你放肆！」

「我柳敬亭只不過是一個平民，哪敢放肆？」柳麻子笑說：「我不懂軍中禮節，還望將軍見諒。這裡有一封密函，將軍過目後便能明瞭。」他恭敬的雙手呈上信函。

左良玉半信半疑的接過信，打開一看，信中內容含意雖然婉轉，但字字句句都像在指責他的不是，讓左良玉看得膽顫心驚。他反覆閱讀此信，再三推敲信中字跡、用字遣詞，覺得應該是出自恩師侯恂的手筆，於是吩咐左右退下，扶起柳麻子，說：「是我錯怪你了，快請起吧。」

桃花扇

「唉！」他嘆了口氣，喃喃的說：「恩師啊恩師，哪裡知道良玉一片忠心，怎麼可能忘卻您的教誨，辜負了您的期望？」回過神，便趕緊請柳麻子上座、奉

茶。

　　柳麻子連忙推辭，只問：「將軍是否明白信裡所說的道理？」

　　左良玉回答：「怎麼會不明白？只不過你有所不知啊！這座武昌城自從被盜匪入侵以後，處處凌亂不堪，空空如也。雖然我鎮守在這裡，卻缺乏糧食，士兵們每天吵著要吃飯，就連我也做不了主了。」

　　「這是哪裡的話？」柳麻子生氣的說：「自古有言：『兵隨將轉。』將軍怎麼說，士兵就怎麼做，從來沒聽過『將隨兵轉』的道理！將軍是眾軍統帥，一個決策便能定人生死，一聲號令就足以撼動山川，怎麼會因為士兵喧鬧便做不了主？」說完，他突然把手中的茶杯往下一摔。

　　左良玉看見他摔杯，憤怒大罵：「哎呀！你這人是怎麼回事，說話就說話，怎麼如此無禮？」

　　柳麻子笑說：「我哪敢無禮？只因為說得太高興，順手丟了！」

　　「順手丟了？」左良玉質疑的說：「難道你的心做不了主嗎？」

　　「要是心能做得了主，就不會叫手下亂動了。」

　　左良玉知道柳麻子話中有話，諷刺他連那些士兵

也管不住，不由得苦笑說：「你說得有道理。不過，前往<u>南京城</u>取糧，真的是迫不得已啊。」

「是嗎？」<u>柳麻子</u>冷冷回答，突然話鋒一轉，說：「我長途跋涉而來，肚子餓得要命，將軍居然也不問一聲：『吃飯了沒？』」

<u>左良玉</u>說：「哎呀，我倒忘了。」他正要吩咐左右擺上酒菜，卻看見<u>柳麻子</u>摸著肚子，邊嚷著「好餓、好餓」，邊往<u>左良玉</u>的房間走去。

<u>左良玉</u>忍不住大喝：「大膽！你為什麼進我房裡？」

<u>柳麻子</u>說：「實在是太餓啦！餓得我沒辦法控制。」

<u>左良玉</u>說：「餓得沒辦法控制，就可以隨隨便便走進我的房間嗎？」

<u>柳麻子</u>笑說：「呵呵，餓得沒辦法控制，也不准進入將軍的房間，這道理想不到將軍也知道哩。」

<u>左良玉</u>聽了恍然大悟，說：「哎呀，你所說的句句切中要害，字字道理分明，受教受教！」

「將軍過獎了！」<u>柳麻子</u>說：「只不過是耍耍嘴皮子功夫罷了。我這說書的，正是『一字字臣忠子孝，一聲聲龍吟虎嘯』，舌頭尖利如鋼刀、喉嚨震響似雷

聲，冷嘲熱諷勸英雄啊。」

「說得爽快，你有這樣子的見解與口才，令我佩服。現在社會紛亂，正是朝廷用人的時候，所以我想請你留在軍營，為國效力。」

「想不到我這身老骨頭，還有點用處呢！」柳麻子大笑，接著斂起笑容，面容嚴正的問：「說了這麼多，不知道將軍是不是還打算前往南京城呢？」

「唉！我可以對天發誓，我根本就不想向南京城發兵！今天聽你的一席話，更令我完全打消這念頭。」左良玉對天長嘆，接著說：「不過要怎麼解決軍糧不足的問題，還得再從長計議。」

柳麻子點頭微笑，如釋重負。他心想，總算順利達成使命，沒辜負楊龍友與侯方域的期望了。

桃花扇

第六章　阮鬍子陷害忠良　侯方域險逃一劫

　　儘管已經委託柳麻子趕往左良玉軍營送信，但楊龍友依舊憂心無法安撫左良玉，因此再依熊明玉將軍的請託，焦急的邀集各省總督巡撫、文武官員與地方鄉紳，一同到清議堂共商大計。眾人你一言、我一語，卻討論不出什麼好方法。

　　阮大鋮哪裡有心討論，他早就聽說鳳陽督撫馬士英對東林黨與復社的人頗有意見，好不容易有這個機會，如果能攀上馬士英這權貴人物，想要一報被復社人士羞辱的仇，就輕而易舉了。

　　這時候，史可法鏗鏘有力的聲音，將阮大鋮從如意算盤裡拉了出來。

　　「原本以為左良玉是忠義的人，一定能誓死抵禦敵人，沒想到他……現在兵力四散，南京城實在沒有能招架左良玉的兵力，看來我們只好拿命去拼了！」史可法慷慨激昂的說。

楊龍友安慰說:「史將軍不必憂愁,左良玉將軍是侯恂先生的學生,昨天我已經請侯方域先假冒侯恂先生的名義寫信勸他了,想必他沒有不遵從的道理。」

「喔,有這事?」史可法放心不少,「這事如果成功,都該歸功於楊兄哪。」

「哼哼,說是這麼說啦,」阮大鋮心懷鬼胎,悶哼一聲,「只怕是內神通外鬼哩……」

「怎麼可能?」史可法不悅的說:「侯方域是我的遠親世姪,他的為人我很清楚,他不可能出賣國家!」

「將軍您有所不知哪!」阮大鋮加油添醋的說:「侯方域與左良玉走得很近,私下常有信件往來,那封信八成明的是勸,暗的是為左良玉送訊,分明是內應!現在只要除掉侯方域,左良玉失去內應,或許就會打消進攻南京城的念頭。」

「哎呀呀,說得有理。」馬士英跟著附和:「何必為了一個人,使得滿城人心惶惶!應該把這人捉起來!」

桃花扇

「這根本就是子虛烏有的事!阮兄已經不當官很久了,未必了解國家大事,就少說幾句吧!」史可法咬牙切齒的說:「算了、算了,俗話說:『小人沒有正當言論,議論總是依循私情。』與其跟你們這些人在

這裡浪費時間與唇舌，不如回去！」說完，他便憤而離席。

「啊，這史可法……」阮大鋮氣得發抖，指著史可法離去的身影：「這人是怎麼回事？我說的句句實話，都是有憑有據的。」

楊龍友急忙出聲：「這件事未免太誣賴侯兄了！侯兄寫這封信時，我也在場，那封信寫得非常誠懇，怎麼會有反叛的意思呢？」

阮大鋮繼續搧風點火：「龍友你不知道，信裡每個字都是暗號，旁人哪裡明白？」接著他轉向馬士英說：「還請馬大人明察啊！」

馬士英點點頭：「嗯！像這種叛國小人，真該殺頭！等會兒馬上派人將他捉來審問！」

楊龍友聽到這兒，想幫侯方域辯解，又怕被歸為同黨，只好默不作聲。其他官員懼怕馬士英的勢力，自然也不敢說話。馬士英看眾

人不發一語，於是揮揮手說：「既然討論不出什麼好方法，就散會了吧！」

阮大鋮見馬士英要離開了，趕緊上前攀親帶故、逢迎拍馬說：「馬大人，小的叫阮大鋮，與您的妹婿楊龍友是結拜兄弟。常常聽龍友提起您，十分敬佩，心裡總是惦記著您。難得今天遇見您，不知道是不是有這個榮幸能聽您教誨，並吐露我滿腔的仰慕之情？」

「久仰您的大名，正想要請教哩。」馬士英話說得客氣，臉上卻是不可一世的表情，朝外走去。阮大鋮哪肯放過機會，連忙緊跟在後，一同離去。

楊龍友看著他們二人遠去的身影，急得直跳腳：「簡直是胡說八道！侯公子的為人我最清楚了，光是他爽快的答應寫信一事，便可知道他是忠義之人啊！我還是趕緊通知他一聲，好讓他趁早避禍去！」

楊龍友一刻都不敢耽誤，直奔侯方域與李香君的住處，見到大門緊閉，大喊著：「快開門！」

恰巧在裡頭的蘇崑生開了門，笑說：「原來是楊老爺！天色已經那麼晚了，還來串門子嗎？」

楊龍友也不回應蘇崑生，焦急的問：「侯兄呢？」

蘇崑生慢條斯理的回答：「侯兄啊？因為今天香君剛學完一套新曲，他正在樓上聽她演唱哩。」

桃花扇

楊龍友朝樓上呼喊：「侯兄！侯兄！」

侯方域與李香君、李貞麗一同下樓，行了個禮，說：「楊兄真有雅興，知道今日香君學了一套新的曲子。不如這樣，楊兄和我們一起喝點小酒助興吧。」

「哎呀，都什麼節骨眼了，你還說這個？」楊龍友擦了擦汗，說：「不好啦！有天大的禍事要來啦！」

「什麼事這麼驚慌？」李香君為楊龍友倒了杯茶，讓他順順氣。

「今日我們在清議堂共商國家大事，沒想到阮大鋮當著大家的面，誣告你和左良玉是舊識，打算作他的內應，所以馬士英已經要派人來捉你了。」

「怎麼會這樣？」侯方域大吃一驚，問：「我與阮鬍子無冤無仇，他為什麼要陷害我？」

「我想應該是你們當初退還聘禮和嫁妝，太不給他面子了，導致他對你們心有怨恨！」

侯方域不禁生氣大罵：「阮鬍子這小人，竟然找了個虛假的罪名，強加在我身上。我侯方域一生清白，行得正，坐得直，不怕他胡說！」

桃花扇

楊龍友勸他：「說是這樣說沒錯，但不曉得馬士英

與<u>阮大鋮</u>會耍什麼陰險手段來對付你呢？我勸你還是先找個地方，避避風頭吧！」

聽了這話，<u>李貞麗</u>忍不住大叫：「哎呀，這下子怎麼得了？<u>侯</u>公子你趕快逃吧！可別連累了我們！」

<u>侯方域</u>被<u>李貞麗</u>一激，更加生氣：「一切與<u>香君</u>、與你們無關，有什麼便衝著我來！」

<u>李香君</u>搖搖頭，說：「相公，俗話說得好：『明槍易躲，暗箭難防。』像<u>阮鬍子</u>這樣的小人，有什麼卑鄙的手段他使不出來？雖然相公內心清明，但是世道渾濁，如果因為那個小人而損害你一分一毫，實在不值得。況且你也不忍心見我日夜擔心你的安危吧！」

<u>侯方域</u>靜下心，想了想，說：「<u>香君</u>說得有道理。可是……」他欲言又止，含情脈脈的看著<u>李香君</u>，「可是，我們剛結為夫妻，我怎麼捨得和妳分開呢？」

<u>李香君</u>安慰他：「相公，我這顆心早就交給你了，即使我們相隔兩地，只要你心裡掛念著我，我也不會辜負了相公。而且我們說好了要廝守到老，終生相愛不渝，沒有人能夠取代你在我心中的地位的！你就別再遲疑，要以大事為重啊！」

「妳的濃情厚意，我非常感激，只不過一時之間也不知道該避往哪裡才好？」<u>侯方域</u>說。

楊龍友說：「今天在清議堂上，史可法將軍力排眾議，認為你不可能造反，因此與我姐夫不歡而散；加上史將軍也是你父親的學生，侯兄不如跟隨他到江蘇一帶巡邏防守，先避避風頭，這樣不是很好嗎？」

「啊，你說得極是，多謝指點！」侯方域彎身道謝。

李貞麗擔心的說：「這件事都是因楊老爺而起，還希望楊老爺能夠圓滿處理。假如明天官兵前來捉人，那我們該如何是好？」

「放心吧！貞麗，只要侯兄離開，這一切也就與妳們無關了。」楊龍友安撫李貞麗後，轉向侯方域說：「侯兄，事不宜遲，趕緊收拾行李，準備上路吧！」

李香君陪侯方域回房整理行囊。侯方域的視線一直緊跟著李香君，看她將衣服一件件疊好，慎重的放在布巾上，又塞了些值錢的小物品，然後才緩緩的拉起布巾兩角，打了個牢牢的結。李香君低著頭，眼光始終停留在包袱上，就怕強忍住的淚水，會在侯方域深情的眼中潰堤。

眼看東西已經收拾得差不多了，侯方域才輕聲喚：「香君！」

桃花扇

這聲柔情似水的呼喚，壓垮了李香君最後一絲的

堅強，淚水止不住的落下。侯方域不由得也紅了眼眶，哽咽的說：「今日暫時與妳分別，請多保重！相信我們以後一定會再見面的！」

李香君說：「滿地烽火，狼煙四起，再與相公相見不知道是什麼時候？」她抬起頭，雙眸含淚的神情惹人憐愛。

「香君——」侯方域輕輕拭去她臉上的淚痕，緊緊握著她的手：「與妳相處的這些日子，是我這輩子最滿足的事，這些回憶已經夠我終生回味了。」

「別說了，相公。你放心吧，我會在這裡等你回來的，你千萬要多多保重！」李香君擦擦眼淚，說：「只怕官兵就要來了，相公快走吧。」

在李香君與楊龍友的聲聲催促下，侯方域勉強打起精神，揹起行囊，跨出家門，深吸一口氣，頭也不回的跟著楊龍友投靠史可法去了。

第七章 馬士英擁立福王
史可法孤掌難鳴

　　侯方域隨史可法到江蘇淮安之後，不知不覺已經過了半年，沒多久，因為熊明玉被召回北京城擔任兵部尚書，由史可法遞補他的官缺，因此侯方域便隨著史可法回到南京城。

　　「南京城！景色依舊，不知道佳人是不是還在？」侯方域回到南京城，沒有時間前去尋找李香君，不免心中有許多感慨，「唉！現在時局紛亂，正是國家用人的時候。多虧史大人賞識我，對待我就像家人，我還得盡心奉獻所學，才不會辜負史大人啊！」他正想著要如何回報史可法的恩情，卻見史可法滿面愁容的從外頭歸來。

　　一見到侯方域，史可法便忍不住嘆口氣說：「國家漸漸衰敗，時局難以猜測，每次朝中議事，總是沒有結果，那些讀書人只是紙上談兵，也不知道什麼時候才能收復失土？不過今日早晨操練兵馬時，獲得來自

北京城的消息，不曉得是不是真的，於是來找你討論。」

「史大人辛苦了，」侯方域先是拱手行禮，接著問：「不知道是什麼消息？」

「聽說逆賊李自成攻破北京城，皇上*認為是他斷送大明江山，無顏面對天下，因此在煤山自盡，朝中大亂；而李自成進入北京城之後，因為軍隊驕傲奢侈、濫殺無辜，導致山海關守將吳三桂引入清兵，平定了李自成。但是沒想到送走了虎，又迎來了狼——北京城竟然被清兵占領。但還有另一種傳言，說北京城雖然被奪，但皇上平安無事，已經航海向南而去，太子也走偏僻的小徑往東去了……」史可法憂心的說。

侯方域說：「皇上洪福齊天，相信自盡一事只是謠傳罷了。」

史可法說：「唉，我自從擔任官職以來，沒有一天睡好，哪裡知道駐守南京城才一個多月，就遭逢這樣的劇變。盜匪四處逃竄，打家劫舍；清兵嚴陣以待，虎視眈眈。幸虧還有長江作為屏障，才能保住南京城，只不過現在皇上不在朝廷裡，真可叫人心慌哪。」

*皇上：此指崇禎皇帝。

「史大人先不要煩憂，皇上吉人天相，必定不會有事的，而想來太子也順利離開，算是不幸中的大幸了。」侯方域安慰史可法。

史可法說：「烽火四起，軍情不易傳遞，消息真假又難分辨。倒是各地議論紛紛，吵吵嚷嚷著要擁立新王。尤其是那個馬士英……」史可法搖搖頭，話還沒說完，隨從通報有一名小兵送來馬士英的信。

「說曹操，曹操到！把信呈上來。」史可法下令。

接過隨從呈上的信，史可法邊看邊皺眉，大罵：「這個逆賊！滿口仁義道德，說自己是憂國憂民，忠心護主，卻又說皇上已經在煤山自盡，太子也不知道逃到哪兒去，說什麼『國不能一日無君』，所以要立福王朱由崧為帝，看他信中字字句句全都是邀功的語氣，完全不為大明江山設想！」

史可法轉念一想，嘆了

桃花扇

口氣，接著說：「但⋯⋯如果皇上駕崩的傳言是真的，那就算我不同意，他也是要擁立福王的。不過依血緣關係與地位來看，推舉福王也還算差強人意⋯⋯算了、算了，我就答應他，將我的名字列到公文裡吧。」

侯方域一聽到史可法的決定，嚴正的說：「史大人這樣說就不對了，這個福王的封地剛好在我的故鄉河南，所以我對他的為人最清楚，萬萬不可擁立他為帝！」

「這話怎麼說？」

「福王朱由崧的父親——朱常洵被李自成殺害後，由朱由崧繼承福王的封號，但在這事情發生之前，他們父子兩人不學無術，有三大罪狀，是人人皆知的。」侯方域開始細數福王的罪狀：「第一，朱常洵的母親為了讓他能夠獲得皇位，曾經意圖謀害太子；第二，朱常洵奢侈無度，建造王府就花了二十八萬兩、婚宴花去了三十萬兩，卻在盜匪進逼河南時，半毛也不肯捐出來作為軍糧的費用！」

史可法驚嘆：「這二件都可說是大罪啊，那第三件呢？」

「第三，朱常洵死於非命，屍骨還未下葬，朱由崧居然就跑到江南避難，趁著兵荒馬亂，還強娶民女。

像這種上梁不正、無德無才的人，如何能夠繼承大明江山？」

「說得一點也不差！」史可法點頭稱是。

侯方域說：「不僅如此，還有五點不可立福王為帝的理由。」

「哪五點？」

「第一點，目前皇上生死不明，一個國家怎能有兩位君主？第二點，如果皇上為國而死，還有太子在世，怎麼也輪不到福王繼承皇位。第三點，凡是有仁德與武德的豪傑都可繼承皇位，不見得要由皇家成員擔任。第四點，現在立福王為帝，假使那些握有大權的武將立場不同，難免趁機作亂。第五點，擁立福王的都是些小人，恐怕是假藉擁戴之名，而想要獨攬大權，為所欲為！」

桃花扇

「你實在是深謀遠慮，讓我深感佩服！朝廷裡雖然有官員曾經提及這些論點，卻沒有一個人能說得像你這樣透徹！」史可法深深一嘆，說：「那就麻煩你將這三大罪、五不可立的理由寫下，然後回給馬士英吧。」

侯方域於是振筆疾書，將福王的

罪狀及不可立的理由一一寫下。這時，僕人前來稟報，說住在庫司坊的阮大鋮求見。

史可法一聽是阮大鋮，皺眉說：「現在已經是深夜，這阮鬍子來這裡幹嘛？」

「那還用說，肯定是來勸您立福王為帝了。」侯方域說。

「這傢伙！」史可法恨恨的說：「之前在清議堂裡誣陷你的便是他！這人趨炎附勢，與馬士英狼狽為奸，簡直就是小人中的小人！」史可法不耐的揮揮手，對僕人說：「不見、不見！打發他走吧！」

僕人在史可法面前碰了一鼻子灰，怒氣沖沖的走到門外告訴阮大鋮：「早就跟你說晚了，老爺休息了，你就是不聽，偏要我進去通報！」

阮大鋮拍拍僕人的肩膀，陪笑著說：「這晚上說起話來才真正是有趣哩，如果是白天的能說什麼？」他拿出一錠銀子，塞給僕人，低聲的說：「麻煩小哥行行好，再幫我向你家老爺說說吧，要是他肯見我，事成後絕對少不了你好處的！」

僕人見有利可圖，又進屋稟告：「老爺、老爺，那

姓阮的一定要見您，說是有些有趣的話要對您說。」

「簡直胡來！」史可法拍桌子大罵：「國破家亡，哪還有心情說什麼有趣的話？快把他給我攆出去！」

僕人莫名被罵了一頓，正想出去罵阮大鋮洩憤，但史可法見侯方域已把信寫好，便叫住僕人：「你把信交給鳳陽督撫的士兵，然後早點關上大門，不准再來打擾！」

僕人看都不看阮大鋮一眼，把信交給鳳陽督撫的士兵，說：「快走吧，我們要關門啦！」

「等等，小哥你忘啦，我剛剛央求過要見你家老爺的。」阮大鋮在一旁喊著。

「你哪位？」僕人假裝不知道。

「我啊，我就是庫司坊裡的阮大鋮啊。」

「我呸！什麼褲子襠裡軟、褲子襠裡硬的！」僕人大罵：「三更半夜還要不要讓人睡覺啊？」說著，他毫不留情的朝阮大鋮推了一把，說：「去去去！本大爺要關門了！」說完就用力的關上了門。

「哎呀呀，你看看、你看看，這不是狗仗人勢嗎？簡直要造反了嘛！」阮大鋮跺腳大嚷：「真是可惡！居然就這麼走掉啦？還要不要讓我見見史可法啊？」

面對那道黑漆漆的大門，阮大鋮呆了一會兒，自

桃花扇

顧自的想：「算啦算啦，這種場面我也不是沒見過，只是眼前機會難得，不可錯過而已，畢竟史可法可是掌握軍隊印信的指揮官哩，要是他不答應，迎立福王的事就成不了啦，要是無法迎立福王，我要怎麼東山再起？又要怎麼給那些復社文人好看？」

阮大鋮正想著，突然拍了自己的後腦勺一掌：「傻瓜！我真是被他氣傻了！現在皇上的玉璽不知去向，你史可法那顆印信又算什麼？這種事可不是你說了算啊！」他嘻嘻笑著，感覺豁然開朗，指著史可法的家門冷冷的說：「我說老史啊老史，一盤好肉包送上門來你不吃，那我只好拿去給別人享用啦！」

阮大鋮離開史可法家後，便去見馬士英，將自己的遭遇全數報告。馬士英自以為是的說：「史可法說什麼三大罪、五不可立，說得那麼義憤填膺，可真笑掉我大牙了！擁立福王這件事，我們絕對不可以輸給其他人，這樣的亂世剛好給了我們大好機會，只要功成名就、有官可做，誰還管天下百姓死活啊？呵呵，呵呵。」

「可不是？」阮大鋮說：「就算將來遭到天下人唾罵，我也不怕，怕的是日後在皇上面前沒有一官半職！」

桃花扇

馬士英笑說：「你說這什麼話？只要有我在，我保證有你好處，到時候我們可要吃香喝辣！」

「正是！正是！」阮大鋮說：「只是如果僅有文官支持卻不夠。依我看來，不妨找來四鎮武將高傑、黃得功、劉澤清、劉良佐以及功勳卓著的皇親國戚，外加監察御史*等人共同擁立福王為帝。」

馬士英點頭贊同，馬上便與阮大鋮四處聯絡、辦妥各項事情。崇禎十七年，福王朱由崧在南京城即位，隔年改年號為「弘光」。歷史稱此後為「南明王朝」。

弘光皇帝即位之後，當然不忘大大賞賜擁立有功的馬士英，封他為內閣大學士*兼兵部尚書；阮大鋮攀附馬士英的權勢，被起用為光祿大夫；四鎮武將也都加官封爵。文武百官依各自的功勞被封賞，連原本罷官的楊龍友也當了禮部主事。其中，兵部尚書史可法升任大學士，前往長江一帶駐守，嚴防清兵南下。朝中眾人封的封、賞的賞，可說是一片喜氣洋洋。

然而，四鎮武將之間並不和睦，就連統領他們的史可法也無法排解高傑與其他人的紛爭。除此之外，馬士英驕橫無德，雖然被賦予重責大任，對於國家大

---

* 監察御史：職官名。負責行使彈劾、監察的職務。

* 大學士：職官名。代替皇帝批答奏章，職責漸重，形同宰相。

事卻毫不在意，只求自己的榮華富貴，而阮大鋮也一同「雞犬升天」，賣官貪財。

聽到百姓們對他的評論，馬士英並不以為意，反倒呵呵笑說：「迎立君王的人是我，就算殺幾個人又有什麼關係？」加上阮大鋮從中搧風點火，就算史可法有心為國，終究孤掌難鳴，只能看著南明王朝漸漸衰敗。

桃花扇

第八章

李香君獨守空閨
阮鬍子挾怨逼婚

　　清軍已經攻陷北京城，南明君臣卻仍自欺欺人的躲在南京城中，城內一派祥和，風花雪月，絲毫嗅不出北京城早已失守的悲悽。

　　這天，楊龍友受到親戚田仰的請託，幫他尋找一名美麗的歌伎為妾。楊龍友左思右想，無論是美貌或才藝，南京城中的歌伎沒有一個勝過李香君，因此打算前往李香君的住處，詢問她是不是願意嫁給田仰。但是他又想，當初是他撮合侯方域與李香君，現在怎麼好意思再去說媒？當他正在苦惱時，丁繼之、沈公憲、張燕筑，歌伎卞玉京、寇白門與鄭妥娘一同前來拜訪。

　　楊龍友喜出望外的問：「各位怎麼來得這麼巧？」

　　眾人大喊：「今日是來請楊老爺救命的。」

　　「喔？怎麼了嗎？」楊龍友不禁納悶。

　　「是這樣的，新上任的光祿大夫阮大鋮是楊老爺

的朋友嗎？」

「是啊。」楊龍友點頭。

丁繼之說：「聽說皇上剛剛即位，阮老爺便獻上了他所寫的四部劇本，皇上看完之後龍心大悅，下令選人到宮裡接受其中一部劇本燕子箋的訓練，準備要演這齣戲，有這樣的事嗎？」

「是有這件事沒錯。你們都是演出的高手，所以全在入宮名單裡了。」

「哎，請楊老爺體諒啊！」張燕筑嘆：「不瞞你說，我們每個人都要養家活口，如果進了宮，一家人不是都要喝西北風去啦？還盼望楊老爺高抬貴手，幫幫我們這些糊口飯吃的戲子哪！」

「呵呵，原來各位是為了這件事而來。」楊龍友笑說：「別慌、別慌，也就是一件小事罷了，明天我請人到阮兄那裡說一聲，叫他別找你們入宮吧。」

「太好了！」眾人齊聲說：「多謝楊老爺大恩大德，日後有什麼吩咐，我們一定全力以赴，以報答今日恩情！」

「那剛好，我手邊就有一件事想要麻煩各位。」楊龍友說：「我有個親戚田仰再過幾日就要升任漕運＊巡撫，他送來三百兩聘金，要我幫他找一個小妾，我

桃花扇

打算找李香君，是不是能請你們去幫我說個媒？」

「香君姑娘？」丁繼之有些吃驚，搖搖頭說：「恐怕行不通，她已經是侯公子的妻子了。」

「當年侯兄與香君高高興興結為夫妻，誰想得到他會跑去避難？也不知道這時候他在哪裡爽快哩，哪還顧得了香君？」楊龍友揮揮手說：「去吧去吧，你們就幫我問問看吧。」

「不成、不成。」卞玉京說：「自從侯公子離開後，香君姑娘立志守節，不肯下樓見客。就算我們幾個費盡脣舌，恐怕也是白費。」

「話是這麼說沒錯，但是……」楊龍友仍不死心。

丁繼之說：「香君姑娘的乾娘是楊老爺的朋友，不如楊老爺親自去說還比較有效。」

「這點我也知道。」楊龍友嘆口氣，說：「但侯兄與香君結為夫妻，原本是由我作媒，現在我哪好意思再為她說媒？所以才會請幾位幫忙，我自然會重賞你們的。」

因為眾人還需要楊龍友幫忙向阮大鋮說情，所以不敢推辭，只好一同前往李香君住處。回想當時在侯

＊漕運：指用水路將物資供給給京城或軍隊。

方域與李香君的婚禮上，他們幫忙敲敲打打、吟吟唱唱的歡樂情景，丁繼之感嘆說：「現在要幫楊老爺去說媒，真是有些難為情啊。」

「可不是嗎？」卞玉京說：「如果……我們不去呢？」

「恐怕楊老爺就要把我們送入宮中哩。」丁繼之又嘆。

眾人左右為難之下，來到了李香君的住處，抬起頭就見到李香君正在樓上倚窗而坐，獨自望著窗外發愁，嬌弱的身形更顯單薄。突然聽見她悠悠的唱：「空樓寂寂含愁坐，長日懨懨帶病眠。」這段「坐在空曠的小樓，不禁感到寂寞憂愁；漫長的日子裡，總是精神疲乏的睡去」的歌詞，幾乎就是在描述她自己。

桃花扇

「這香君也真是的，自從侯公子離去之後，便遵守她的諾言，經常大門不出，獨守空閨，痴痴等候侯公子歸來，這曲兒可說是唱盡了她的孤寂心情。」丁繼之感嘆的說。

卞玉京附和：「可不是嘛！」

這時候，李香君聽見樓下的聲響，便出門迎接：「我正想說是誰？原來是卞姨娘與丁大爺你們，歡迎歡迎，請上樓來。」

「妳乾娘呢？」丁繼之問。

「去參加盒子會了。」李香君招呼眾人：「大家請坐，喝點茶歇口氣。」

「不忙、不忙。」卞玉京說：「剛剛我看香君姑娘坐在窗邊，似乎心事重重，不知道是為了什麼事？」

「哎，還能為哪件事呢？」丁繼之說。

李香君嘆口氣：「我獨自一人守著這個空樓，望著即將結束的春天景色，心底只希望能得到一位疼我的人，兩人白頭到老，永不分離。」

「既然這樣，為什麼不再尋找一位呢？」卞玉京問。

「這是哪來的想法？」李香君嚴正的說：「我已經嫁給相公了，怎麼可以改變志節？」

「說真的，我們也明白妳的痴心，不想為難妳……」丁繼之停了一下，才接著說：「只不過今天受到楊老爺的請託，說是有一位田仰肯出三百兩聘金，打算娶妳為妾，託我們來問妳願不願意？」

「是啊！」卞玉京說：「說起這位田大人，最近剛升任漕運巡撫，官大勢大、家世顯赫，三百兩聘金是筆大數目，往後香君姑娘就不需要再愁眉苦臉啦！」

「我才不是為了錢而憂愁！」李香君說：「我愁容

桃花扇

滿面是為了相公！」

　　她想起那天在卞玉京家裡與侯方域初識的情景——侯方域丟上樓的檀香扇子，典雅古樸，一看便知道主人必定不是庸俗之人。因為她想會一會這位風雅的公子，便用一條白絲絹包著櫻桃投下樓去，沒多久就隱約聽見說笑聲，其中一個聲音鏗鏘有力，充滿磁性，深深吸引著她。等到下樓後，才知道原來那就是她心儀已久的侯方域，她一時緊張得幾乎無法控制自己顫抖的雙腳，就連移動也顯得困難。好不容易走到侯方域的身邊，他溫柔的音調舒緩了她的緊張，爽朗的笑聲觸動了她的心弦，接著說定終身大事，直到成婚，李香君都恍如沉醉在美夢中。

　　想到這裡，李香君微微一笑，眼中卻湧出淚水，對眾人說：「我和相公互許終身時，你們也在場見證了我們堅貞的愛情，難道你們忘了？」

　　李香君含淚取出扇子，輕輕撫摸著它：「這把扇子，我到現在都還帶在身邊，它就是繫住我和相公的紅線啊！我們的愛情是永遠不變的。」

　　「哎呀，我們也沒有強求的意思，當然還是要問問妳的意願嘛，如果妳不肯，

那我們也不好強求啊。」卞玉京安慰她。

「還是卞姨娘疼我。」李香君說:「請你們回話給楊老爺吧,就說我本來就是福薄的人,沒有這個福分能嫁入豪門,他的好意我心領了。」

李香君堅決不嫁田仰,讓寇白門氣得跳腳,恐嚇她說:「要是不嫁田仰,恐怕明天就會被捉去宮中學戲,到時候看妳要如何和侯公子見面!」

李香君無動於衷,只說:「如果是這樣,那我寧可終身不嫁,這又有什麼困難?」

「造反啦?」鄭妥娘不服氣的說:「難道三百兩還不夠買妳這個黃毛丫頭嗎?」

「妳要是見錢眼開,那妳嫁他好了,幹嘛來管我的閒事?」李香君冷冷的說。

鄭妥娘被她這麼一說,臉色一陣青、一陣白,破口大罵:「臭丫頭!居然連我也敢罵啦?好!既然妳這麼有本事,我就等著看妳的好戲!」

一旁的張燕筑也生氣的說:「妳這丫頭可真不知好歹!楊老爺現在到禮部做官,就是妳也歸他管!要是明天他一個不高興,說不定把妳捉去夾指頭,看妳指頭斷了怎麼彈琴?」

「那就隨便他吧,我現在還彈琴給誰聽呢?還有

誰懂得我琴音裡的真情？沒有了相公，我的琴曲、歌喉都沒有意義了。」李香君把扇子緊緊貼在胸口：「我的心底就只有相公一個人，沒有人能夠取代他的位置，這把扇子就是最好的證明！我心意已決，誰來說都一樣！」

「哎呀，我說香君姑娘啊，妳就往好處想，把那個侯公子忘掉吧。」卞玉京說：「妳想想，他到今天還是沒消沒息，也不知道是死是活，說不定現在正在哪個溫柔鄉逍遙哩。」

「不可能！相公不是這種人！」李香君淚眼汪汪的注視著卞玉京。

「怎麼不可能？天下的烏鴉一般黑，男人嘛，總是喜新厭舊的。」鄭妥娘說：「小丫頭，我勸妳還是乖乖嫁給田大人吧，不要再痴痴等妳那個侯相公啦。」

「我不信！相公不可能這麼輕易就放棄我們的感情！」李香君激動的說。

「好吧，好吧，香君姑娘好好歇著。」看到李香君氣得全身顫抖，丁繼之擔心她原本瘦弱的身體會承受不住情感的波折，因此向眾人提議：「我們走吧，

再說下去也只是白費口舌而已。我們就向楊老爺說，香君姑娘情比金堅，無法拆散她和侯公子，讓他再想想辦法吧。」

楊龍友不死心，又三番兩次請人去向李香君說媒，終究沒有成功，也就暫時不再提起這件事。

一天，馬士英邀請親戚朋友共同飲酒作樂，其中當然少不了楊龍友與阮大鋮。正當大家喝得暢快的時候，馬士英興致大發，吩咐僕人：「找幾名歌伎前來伺候，熱鬧熱鬧場面！」

僕人正猶豫著該找誰好時，楊龍友提議：「我看過許多歌伎，但是總沒有好的，只有秦淮河畔的李香君剛剛學成的牡丹亭，倒是唱得不錯。」

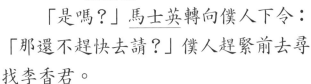

「是嗎？」馬士英轉向僕人下令：「那還不趕快去請？」僕人趕緊前去尋找李香君。

「李香君？」阮大鋮聽到這個名字，問楊龍友：「難道前幾天田仰想要娶來作妾的就是她？」

「是啊。」

「那為什麼不娶？」馬士英問。

楊龍友說：「這丫頭簡直可笑！居然說要為侯方域守節，不願意再嫁！我請人說了好幾次媒，她都拒絕了。」

「有這種事？」馬士英拍桌大罵：「這大膽的傢伙！堂堂的漕運巡撫難道配不上她一名歌伎？豈有此理！」

阮大鋮見了這個情況，不免加油添醋的說：「您有所不知，這都是給那幫復社文人寵壞的，尤其是侯方域那小子，之前他三番兩次羞辱我，羞辱得不淺哩！說起來田仰兄也是您的同鄉，被她這樣羞辱，不就是不把您放在眼裡？嘖嘖嘖，這非同小可哪！」

「好，等她來了，我自然會處置！」馬士英冷著一張臉，皮笑肉不笑的說。

這時，僕人正好回來報告：「啟稟老爺，小的到了李香君住處，她說生病了，不肯來。」

「好大的架子，居然敢不來見我！」馬士英氣得瞪大了眼。

「哎呀，老爺，我就說了，她完全被復社那幫人影響，把您看扁啦！」阮大鋮繼續搧風點火：「像這種不知好歹的丫頭，要讓她吃點苦頭，她才知道您的厲害！」

「好個假清高、不知天高地厚的丫頭！」馬士英吩咐：「來人啊！立刻拿著嫁妝與聘金，直接到她家去娶！不管她要不要，今晚就把她捉到田仰家裡，好讓我們的新任漕運巡撫大吃一驚！」

「是，小的馬上去辦！」僕人回答，並動手準備相關物品。

阮大鋮看著僕人們忙上忙下，大讚：「妙！妙！這才像話嘛！」又對楊龍友說：「田兄是馬大人的同鄉，有這樣的喜事，龍友也該去幫忙才是啊。」

「怎麼幫？」

「李香君那地方你是熟悉的，到了閣樓上，把她拉下樓來就是了！」阮大鋮說。

「不要太為難她才好。」楊龍友憂心的說。

「我呸！」阮大鋮暴跳如雷：「這還算便宜她了！之前她與侯方域結婚的時候，我好心奉送嫁妝，結果被她無情退還，一想到這裡我就恨不得把她給處死，好消消我心頭之恨！」

「阮兄請息怒。」楊

龍友勸說：「我去香君姑娘那兒勸她便是了。」

　　「哼哼！」阮大鋮冷冷笑說：「當初幫侯方域那小子與李香君結為夫妻，他們居然敬酒不吃，吃罰酒，今天我就看李香君要嫁誰！」

桃花扇

第九章　李香君為愛守節
桃花扇見證真愛

準備好嫁妝與聘禮後，馬士英的僕人浩浩蕩蕩的前去捉人，到了李香君家門前，楊龍友喊住他們：「等一下，讓我去說吧。」

僕人說：「太好了，楊老爺肯去，事情就辦得成了，否則我們幾個還真分辨不出來哪位是李香君哩。」

李香君家裡的僕人見到楊龍友帶來的人馬，嚷著：「啊啊，又是燈籠火把、又是轎子銀子，楊老爺升官啦？」

「廢話少說，快找貞麗來！」楊龍友大喝。

李貞麗急急忙忙的出門迎接，說：「好久不見！楊老爺，剛去赴宴回來嗎？」

「是啊，剛從我馬舅爺家出來，特地來向妳報喜哩。」

「什麼喜？」

「妳看看這燈籠與花轎，有一位大官要娶香君

哪。」楊龍友說。

「是哪一位要娶？」

「就是我的親戚、剛上任的漕運巡撫田仰啊。」

「咦？」李貞麗疑惑的說：「這門親事不是早就已經被香君拒絕了嗎？怎麼現在又來這兒糾纏？」

「哎，說來話長，」楊龍友低聲說：「馬舅爺知道香君不肯嫁給田仰，今夜派人來強捉她哩！」

楊龍友身後的馬家僕人見到李貞麗，不客氣的大喊：「妳就是李香君嗎？快把聘金收了，上轎！」

楊龍友回頭一喝：「急什麼？有馬舅爺在，她敢不去嗎？你們幾個在外面等著，讓我進去催她梳洗一下。」說完，便拿了聘金往內走，到了裡頭，他問李貞麗：「香君是不是已經睡了？」

李香君聽見外頭的聲響，便走出房門，問：「乾娘，有什麼要緊的事，外頭怎麼吵吵鬧鬧的？」一見到楊龍友，她趕緊行禮問安：「怎麼楊老爺也在這裡？難道是要來聽我吟曲唱歌嗎？」

「還說什麼唱歌不唱歌的？」李貞麗急說：「外頭凶狠得要命，派人要來捉妳去作妾哩。」

「是哪個天殺的，怎麼可以如此強人所難？」李香君怒喊。

「還不就是那個田仰？他藉著官大勢大，又仗著馬士英的名號，今夜派人要來強娶妳哩。」李貞麗不由得心酸的說：「可憐我的孩兒是薄命人，看來今晚躲不過災禍了。」

李香君安慰她說：「乾娘別哭，有楊老爺在這兒幫我們作主。」她轉向楊龍友，柔聲的說：「楊老爺向來疼我們母女倆，為什麼今天卻下這樣的毒手？」

楊龍友搖搖頭說：「這……這不是我的意思，是我馬舅爺請妳去唱曲，妳不去，又知道妳拒絕田仰的婚事，所以才動了大怒，差遣僕人要來捉妳，我擔心妳被欺負，為了維護妳才特別趕過來的。」

「那可要多謝楊老爺了。」李香君跪下請求：「還求楊老爺救救我母女倆！楊老爺是知道的，我與相公情深意濃，我絕不再嫁！」

「哎呀！依我看，三百兩的聘金也不算吃虧，妳嫁個漕運巡撫也沒有損失。」楊龍友說：「再說，妳有多大的本事，能夠敵得過我馬舅爺？」

李貞麗知道馬士英權大勢大，要是誰和他作對，等於是自尋死路，因此她擦了擦眼淚，說：「香君，楊老爺說得有道理，看來是無法拒絕了，妳就趁早收拾下樓吧。」

「乾娘說這什麼話？那天楊老爺與乾娘把我嫁給相公時，滿堂的賓客誰沒看見？就算沒有拜堂，也是吃過喜酒的，哪能說算了就算了？」李香君說到激動處，忍不住紅了眼眶，她取出袖裡的扇子，緩緩展開，只見扇子上的墨跡如新，濃情依舊。「你們看！相公給我的定情之物還在這裡，上頭的這首詩楊老爺也看過的，難道你們都忘了？」

楊龍友說：「我說香君啊，侯兄這時遠走他鄉避禍，現在也不知道人在哪兒？假使三年不回來，妳也要等他嗎？」

「無論是三年或十年，就算是一百年，我也只等他一人！」李香君大喊：「反正，我就是不嫁！」

「哎呀呀，妳的脾氣還是這樣固執啊！」楊龍友想到李香君當初摘珠寶、脫嫁妝、怒罵阮大鋮的光景，頻頻搖頭。

「楊老爺，不是香君固執。」李香君怒氣沖沖的說：「姑且不論我與相公之間的情感，楊老爺想想，阮大鋮與田仰都是奸詐小人，我拒絕了阮大鋮的嫁妝，哪有嫁去田家的道理？」

楊龍友因為勸不動李香君而正在苦惱，外面幾個馬家僕人已經不耐煩的喊起來：「夜深啦！李香君妳快

點上轎，我們還要趕到田大人的住處哩。快出來，妳可別敬酒不吃，吃罰酒，讓我們進去捉人可就有得妳受的！」

李貞麗聽到這威脅，連忙勸說：「傻丫頭，妳嫁到田府有吃有穿，有什麼不好？」

「我怎麼會是為了吃穿？」李香君瞪著李貞麗，說：「我李香君立志守節，為的是什麼？我的個性乾娘還不明白嗎？如果我是愛慕虛榮的人，我怎麼會嫁給相公？如果只想享受富貴，我又何必到這個時候還在苦守貞節，我早就改嫁了！不管你們怎麼說，今天我絕不下這閣樓！」

「妳這孩子，事到如今，也由不得妳了！」李貞麗擔心自己受到牽連，對楊龍友說：「楊老爺，您先將聘金放下，我們來幫她梳頭、穿衣！」

李貞麗與楊龍友才準備上前，李香君情急之下，舉起扇子一陣亂打，一把扇子被她舞得倒像是一柄防身的利劍！「別過來！別過來！我的心底只有相公！」

楊龍友被打得抱頭鼠竄，大叫：「啊啊，好了好了！別打別打。」

桃花扇

李香君好似一頭出柙猛獸，攔也攔不住，李貞麗心想再這麼下去，情況只怕無法控制，因此對著楊龍友喊：「算了算了，楊老爺趕快抱她下樓吧，也顧不得沒妝扮了！」

沒想到李香君披頭散髮，緊緊捉著扇子，像發了狂似的不斷揮舞著手中的扇子，大叫：「我不要，我不要！我寧可死也不嫁給別人！我對相公說過的，我會等著他回來，絕不辜負他，我願與他廝守到老、相愛不渝！」淚水模糊了李香君的眼，她的雙手慢慢停了下來，腦海中滿是侯方域的身影：他笑容滿面、緩步而來的翩翩樣貌；他在定情扇上揮毫時的深情款款；他辭退阮大鋮嫁妝時的剛正直爽；他被迫與她分離時的依依不捨……

楊龍友以為李香君的情緒已經穩定下來，正想要上前拍拍李香君好安慰她，手才一伸，李香君誤以為楊龍友要強捉她，悲憤哭喊著：「我絕不下樓！寧死絕不……」話音未落，李香君猛然以頭撞地，發出「砰」的一聲巨響，殷紅的鮮血飛濺，也濺上那把定情扇。

李香君虛弱的說：「寧死絕不……」說著，便癱軟在地。

楊龍友被驚得一隻手就這麼停在空中，久久不能言語；李貞麗雙手掩嘴，嚇得說不出話來。兩人愣了好一會兒，李貞麗才突然哭天搶地的喊：「哎呀，我的兒快快醒來。妳怎麼這麼傻，竟然把好好的一副容貌給毀啦！」

楊龍友回過神來，吃驚的說：「妳看看，血濺了滿地啊，連這把扇子都濺到血了！」他俯下身探了探李香君的鼻息，嚷著：「沒事、沒事，暈過去罷了，妳趕緊把她扶進房裡休息比較重要！」

外頭僕人哪知道裡面發生了這件驚天動地的事，又不耐煩的喊起來：「已經三更半夜啦！李香君妳拿了錢卻遲遲不上轎，叫我們回去如何交差？再不下來我們要上樓捉人啦！」

「這下要如何是好？」李貞麗焦急的說：「香君暈了過去，外頭又急著要人，該怎麼辦哪，楊老爺？」

楊龍友揮揮手，示意李貞麗安靜下來，同時向樓下喊：「慢點、慢點，她們母女正難分難捨，再等一會兒吧。」

桃花扇

楊龍友回過身向李貞麗說：「我馬舅爺的勢力妳是

知道的，如果不順從，等於是羞辱了他，這麼一來，妳們母女倆的性命恐怕也不保了！」

「怎麼辦？還請楊老爺救救我們！」李貞麗慌張的哭求。

楊龍友沉吟了一會兒，「事到如今，只好用這個辦法了。」他向李貞麗說：「既然香君沒這個福氣嫁入田府，不如就由妳代她去吧。」

「我？可是……」

「別再拖拖拉拉了，明天我馬舅爺要是派人來捉妳們，到時候看妳該如何是好？再說，嫁給田仰的話，包妳穿金戴銀、衣食無缺，享盡榮華，有什麼不好？」楊龍友半威脅半利誘。

李貞麗思考了一會兒，勉強答應：「好吧！」但她卻又有點遲疑：「可是……萬一有人認出來呢？」

桃花扇

「妳放心！」楊龍友說：「他們根本沒見過妳們，我說妳是香君，又有誰知道妳不是？趕快進去梳妝，準備上轎吧！」

「嗯！」李貞麗走進臥房，稍微梳理一番，臨出門時，又轉身看著昏迷的李香君說：「香君，妳好好休息吧！乾娘替妳去田府了，妳自己要保重啊！」

楊龍友聽到外頭又是一陣騷動，催促著她：「別說

了，快走、快走！」

於是，李貞麗冒名嫁給了田仰，李香君因傷而得以保全貞節，阮大鋮則一雪前恥，馬士英逞了威風。一場鬧劇就這樣暫時劃下句點。

李香君從楊龍友口中得知李貞麗代嫁的前因後果，心底不免生出陣陣酸楚，不禁食不下嚥、睡不安穩，原本單薄的身子受不了這些折騰，整個人瘦了一大圈，加上額頭仍帶著傷，憔悴的模樣令人心疼。

這日，她又獨自坐在窗邊，怔怔望向落日。背對著一屋子的孤寂，冷冷清清，她忍不住攏了攏衣襟，心想：「要是乾娘在，這時早已為我披上衣服，提醒我天涼；要是相公在，這會兒早送上一杯熱茶，逗著我笑語不斷。」但想到如今侯方域失去音訊，李貞麗又代她出嫁，好不容易才止住的淚水又湧了上來，她喃喃感嘆：「相公啊相公，我李香君雖然是一名歌伎，卻也知道名節的重要，我怎麼能夠辜負你？倒是你究竟在什麼地方，是不是也惦記著我呢？乾娘呢，乾娘妳又何時才能歸來？」

窗外天色由紅轉黑，月色漸漸蒙上了小小的閣樓，清冷的月光下，李香君的身子顯得格外單薄。

李香君慎重而緩慢的展開那把定情扇，望著扇面上的點點血漬與那首定情詩，不禁悲從中來，掩面痛哭：「相公，這一切都是為了你啊，你匆匆避禍離去，可知道我在這裡為你守節？日後見面時，還會記得我們當時的誓言嗎？」傷勢還沒有復原，加上多日來的煩憂，又哭上這一回，她突然感到一陣暈眩，乾脆把扇子擱在一旁，便倚窗打起盹來。

這時，楊龍友與蘇崑生不約而同的來到李香君家門前。

「正是熱鬧佳人院，而今風雪如孤家。」蘇崑生抬頭望著李香君的閨房。

「啊，蘇兄你也來啦？」楊龍友向蘇崑生打招呼。

蘇崑生行了個禮，說：「自從貞麗出嫁，香君獨守空閨，總不免令人擔心，因此我時常來這裡看看她。」

「是啊，那日送走貞麗之後，我守了香君一夜，為她收好定情扇、還告訴她貞麗代她出嫁的事，她聽完只是不停的哭泣。我原本想多陪陪她，只是這幾日事情繁多，脫不了身。我剛剛才從城東回來，便順道過來看看她。」

蘇崑生說：「不過香君恐怕又不肯下樓……這樣吧，我們倆一同上去看看她吧。」

桃花扇

「這樣是再好也不過了。」楊龍友點頭同意。

守門的僕人認得蘇崑生與楊龍友，因此並不阻止兩人上樓。兩人來到閣樓，看見李香君正打著盹，楊龍友輕聲的說：「唉，香君連日來悶悶不樂，整個人病懨懨的，身子都弄得單薄了，既然她在睡覺，我們就別吵她吧。」

「也是。」蘇崑生瞄到桌上的扇子，驚訝的說：「咦？那把扇子上怎麼有許多紅點兒？」

「唉，說來話長，蘇兄有所不知，那天為了逼香君再嫁，沒想到她怎麼也不從，想以死表達她的志節，把頭撞破了，鮮血濺到扇子上，就變成這副德性。想想這是侯兄送給她的定情之物，她一向捨不得拿出來示人哩。」楊龍友拿起扇子，靠近一看：「瞧瞧這幾點血痕十分紅豔，不如我們幫它添加一些枝葉，把它點綴起來如何？」

蘇崑生說：「那我去摘點芒草，扭取鮮汁，當作翠綠的顏色吧。」

「妙、妙！」楊龍友取得顏料，當場畫了起來，把幾點血痕點綴得像是一朵朵桃花。

「好極了，簡直是葉分芳草

綠，花借美人紅，」蘇崑生在一旁看了讚賞不止，「竟然像是幾朵真的折枝桃花哩！」

「是啊！」楊龍友大笑說：「真可說是『桃花扇』啊！」

李香君被他們的談話聲給驚醒，看見楊龍友與蘇崑生坐在眼前，迅速行禮：「不知道楊老爺與蘇師父來了，香君招待不周，還請見諒。」

「幾日沒來，額頭的傷痕看來是漸漸好了。」楊龍友打量著李香君的傷勢，說：「我這兒有一把扇子，要送給香君。」說著便將扇子交給李香君，她接過來有些吃驚，說：「啊，這是我的定情扇子，怎麼會……？」

蘇崑生說：「剛剛楊老爺看妳把它擱在桌上，見到扇子上有不少血漬，於是點綴了幾筆。」

「好一株桃花！」李香君展開扇子看著，一臉的不捨與眷戀。

「不好意思，」楊龍友謙虛的說，「有點畫壞了。」

李香君說：「楊老爺客氣了！這把扇子對我來說意義非凡，是相公給我的定情物，多謝楊老爺賜畫。『桃花薄命，扇底飄零』，真是我這時候最好的寫照了。」

「妳這把桃花扇，難道不需要一個懂它的人嗎？莫非妳打算獨自一個人到老?」楊龍友意有所指的問。

「是又如何？」李香君意興闌珊的說：「那個關盼盼*也是煙花女子，還不是在燕子樓中關門到老？再說，還沒見到相公前，我就對相公傾心不已，那天他到煖翠樓來，看他相貌堂堂，文采過人，我立刻就決定非他不嫁了。等到成婚之後，雖然被奸人脅迫，分隔兩地，但自從他離開那一天起，我就發誓要向關盼盼看齊，同樣關門到老。相信我的這份心意，相公也會明白的。」

「所以說，如果明天侯兄回來了，妳也不下樓嗎？」蘇崑生笑問。

「那時候，有了相公的溫柔與愛，不只下樓，還要去許多的地方遊玩！」李香君說。

楊龍友聽了，讚嘆：「像香君這樣堅定的情感，在這亂世裡可說少見哪，也難怪侯兄對妳一往情深了。」說罷，轉向蘇崑生說：「蘇兄就看我的面子上，要是有一天找到了侯兄，就把他送回來吧，也免去我們幾個掛念。」

桃花扇

---

*關盼盼：為徐州守帥張愔的小妾，集美貌、才藝於一身，和張愔十分恩愛。張愔死後，關盼盼獨自移居燕子樓，最後絕食而死。

「沒問題的，楊老爺，我一直都很留心侯兄的消息，他現在在史可法大人手下任職，前些日子從蘇州回到南京城，沒多久又從南京城去了揚州，這時候隨著守將高傑移防到黃河一帶。這幾天我就要回河南老家，經過黃河時再試著找找他吧。」蘇崑生頓了一下，望向李香君，「不過，就算見到了人，也要有香君的書信才能向侯兄交代啊。」

李香君忙說：「我哪會寫信？還希望楊老爺代筆。」

「哎，這叫我從哪裡寫起？」楊龍友說：「我哪寫得出妳的心事？」

李香君想了想，說：「那這樣吧，我的千愁萬苦其實都在這把扇子上，就把這扇子拿去給相公吧。」說

完，她輕輕吹乾扇面上新添的枝葉，緩緩將扇子合上，取下衣襟前的潔白手絹，將扇子妥善包好，又拿來紅絲線，纏纏繞繞，就像揪心的千愁萬緒。她的動作小心翼翼、深情款款，將千萬心意繫在桃花扇上，然後才遞給蘇崑生。這麼一來，眼前的桃花扇便是可抵千言萬語的家書了。

「這樣的家書倒也特別。」蘇崑生接過扇子，說：「再過幾天我就啟程了，如果遇到侯兄，我一定會把香君守節的事情告訴他，相信他會回來找妳的，你們將來一定要好好相知相守，永不分離啊。」

「是啊，香君請多保重。」楊龍友說：「正所謂『新書遠寄桃花扇，舊院常關燕子樓』，香君堅貞不移的精神，與關盼盼是一樣的吧。」

蘇崑生與楊龍友又再次叮嚀李香君保重身體，不久便告辭了。

李香君望著兩人漸行漸遠的背影，不由得落下眼淚：「乾娘不在，蘇師父與楊老爺也都走了，如今只剩下我一個人守著這個閣樓……唉，相公啊相公，我想你想得好苦，希望有朝一日，我們真能夠相愛不渝，廝守終生！」

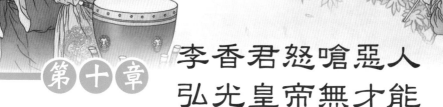

第十章　李香君怒嗆惡人　弘光皇帝無才能

　　屋漏偏逢連夜雨，<u>李香君</u>送走<u>侯方域</u>、離了<u>李貞麗</u>，又落入另一段悲苦的遭遇。起因是<u>阮大鋮</u>的那部燕子箋。

　　原本<u>楊龍友</u>答應<u>丁繼之</u>、<u>卞玉京</u>等人不送他們入宮，<u>阮大鋮</u>也同意了，但是<u>馬士英</u>卻把<u>阮大鋮</u>訓了一頓：「這是要獻給皇上的戲，怎麼可以只選壞的演員，不選好的？」<u>阮大鋮</u>也只好再找上<u>丁繼之</u>、<u>卞玉京</u>等人，而<u>李香君</u>因為被誤認為是<u>李貞麗</u>，也一起被選入宮。<u>丁繼之</u>等人本來因<u>楊龍友</u>答應了不勾選他們入宮，放心不少，沒想到又接到入宮的通知，吃驚得慌了手腳，不知如何是好。<u>丁繼之</u>與<u>卞玉京</u>決定出家，於是便潛入山林修道避禍去了。而<u>沈公憲</u>、<u>張燕筑</u>、<u>寇白門</u>、<u>鄭妥娘</u>與<u>李香君</u>全被捉進宮裡學戲。

　　這天是正月初七，天空下著小雪，<u>阮大鋮</u>邀<u>楊龍友</u>與<u>馬士英</u>到<u>秦淮河</u>畔的<u>賞心亭</u>一同賞雪飲酒，順便

檢視他選入宮演戲的歌伎是不是合適。阮大鋮是這場宴會的主人，因此很早就到了，忙著指揮僕人備好酒菜。此時雪景秀麗，加上他的官途順利，使得阮大鋮滿心歡快的讚嘆著：「花柳笙歌隋事業，談諧裙屐晉風流。」意思是要像隋代的隋煬帝那樣放縱取樂，也要像魏晉南北朝的名士們那樣詼諧談笑。

不久，宮中僕役帶領著李香君等人前來，僕役不放心的再三交代：「哪，前面就是賞心亭了，今天是光祿大夫阮老爺主辦的宴會，馬老爺以及楊老爺待會就到，妳們準備一下，好好伺候。」

李香君心想：「難得他們幾個齊聚一堂，正好讓我一吐心中的怨氣！」

這時，馬士英等人從遠處走來，一進到亭裡，馬士英便稱讚：「好漂亮的雪景啊！」

阮大鋮說：「你們來啦！請坐請坐！這亭子簡陋，實在沒什麼足夠的擺設可以款待你們，還請你們見

諒。」

馬士英說：「你說的是哪兒的話？比起那些小人費盡千萬金銀擺設宴席，卻只是為了巴結權貴，嘴臉簡直醜陋無比，說來說去，也成為後世子孫茶餘飯後的笑柄罷了。」

「是啊，今日我與您相談請教，瞧您雍容華貴、氣宇非凡，我沾了您的光，也可以不必像戲曲裡的那些奸人一樣，盡抹些白粉在臉上了。」阮大鋮搓著手，笑呵呵的，活脫脫就是個小人的模樣。

「我說啊，那些戲曲裡的粉筆*可說是最厲害的，被抹到白粉的角色，註定被當作奸人看待，從此惡名洗也洗不掉了，即使是後世子孫，也趕緊撇清關係。」馬士英說。

楊龍友說：「不過儘管厲害，卻不是為我們幾個所設計的，它原本是為了告誡小人呢。」

「照我看來，那些抹了粉筆的，還不都是吃了小人拍上司馬屁的虧？」馬士英說。

「我不懂這句話的意思，還請您賜教啊！」阮大鋮行禮詢問。

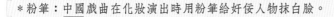

*粉筆：中國戲曲在化妝演出時用粉筆給奸佞人物抹白臉。

「你看，我們的前輩嚴嵩，原本不也只是個文人？」馬士英說：「結果呢，就是因為那個小人趙文華極盡所能的巴結他，使得後來只要有描寫嚴嵩的戲，戲裡那個嚴嵩老是被抹個大花臉，簡直難看啊。」

「是，是，您說得是。」阮大鋮又行個禮，說：「我知道您最痛恨逢迎巴結的人，但是我們兩個可是打從心底佩服您哩。來來來，龍友賢弟，我們一同敬馬老爺一杯。」

馬士英開心的舉杯，一飲而盡。

阮大鋮喝下一大口酒，抹抹嘴，看馬士英興致高昂，便轉頭問僕人：「歌伎們可都到齊了？」

「啟稟老爺，都到齊了。」

馬士英擺擺手，說：「今日我們幾個聚會，用不著她們，叫她們都退下吧。」

「您不知道，這是我特別叫她們來這兒伺候您的。」阮大鋮說。

「是嗎？」馬士英指著李香君說：「那……留下這個年輕的，其餘的可以走了。」

阮大鋮趕緊吩咐僕人將寇白門與鄭妥娘帶走。

馬士英瞧了瞧李香君，問：「她叫什麼名字？」

僕人回答：「李貞麗。」

桃花扇

「呵呵，人是美麗，不過貞節就不一定了。」馬士英說：「美景當前，不如叫她唱首曲子來助興吧！」

「是，是！」阮大鋮急忙附和，便命令李香君：「妳過來，幫我們倒酒，然後唱首曲子！」

李香君搖搖頭。

「為什麼搖頭？」阮大鋮不懂。

「我不會唱歌。」

「哎呀，不會唱歌還稱得上是名歌伎嗎？」馬士英心情不錯，對她不識相的行為倒沒動怒。

「我本來就不是名歌伎。」李香君掩面擦了擦眼淚。

馬士英問：「怎麼突然哭了？難道妳有心事？不如這樣吧，今日我特許妳可以訴說委屈，天大的事有我幫妳解決。」

「我的心事亂得很，好幾次想向皇上控訴有人拆散我和相公，但是那惡人的手段比起盜匪還要狠心，讓我只好裝聾作啞。」李香君哭訴。

「原來有這種事。」馬士英點頭表示了解，渾然不知李香君罵的正是他。

「今天老爺們在這裡行樂，妳不要只是訴苦，也唱首歌給我們聽聽吧。」楊龍友怕李香君惹出事，趕

緊出面阻止她繼續說下去。

　　李香君明白楊龍友想要打圓場，便抬起頭，直視楊龍友說：「我的心事楊老爺是明白的，在座幾位老爺都是朝廷命官，國家寄望你們能重振大明江山，你們卻在這兒飲酒作樂，完全不顧天下百姓生死，還要我強顏歡笑的在風雪中陪你們喝酒，真是讓人傷感！」

　　「我呸！」馬士英生氣的說：「哪裡找來的野丫頭？說這什麼話，應該狠狠掌嘴！」

　　「沒錯！」阮大鋮在一旁附和：「我早就聽說李貞麗和東林黨人、復社文人交情很好，難怪敢這麼放肆，真是該打！」

　　李香君悶哼一聲：「那些東林黨人與復社文人都知道要敬重我們這些女子，而你們呢？你們這些閹黨的人，只會危害天下！」

　　「哎呀呀！造反啦！」阮大鋮猛然起身，大罵：「這小丫頭罵誰啊？來人哪，還不趕快掌嘴！」

　　一旁的僕人衝上來，對著李香君一陣掌摑，直到她嘴角流出鮮血後，又將她惡狠狠的推倒在地。李香君痛得一時站不起來，全身沾滿冰冷的雪，然而她並不害怕，抬起頭，瞪大眼睛說：「我肌膚是冰，柔腸是雪，心如鐵，腹如石，哪裡害怕這場風雪！就算把我

殺了，我也不會屈服。」

「可惡！居然當著老爺的面這麼放肆，我的臉都被她丟光了！」阮大鋮越說越氣，忍不住走上前踢了李香君好幾腳：「真是可恨！可恨啊！」

楊龍友急得慌了手腳，幸好馬士英開口制止：「算了算了，如果要處死她也沒什麼困難，只不過怕降低我身為內閣大學士的格調罷了。」

「正是、正是。」楊龍友趕緊拉起李香君，說：「以馬舅爺這麼尊貴的身分，怎麼會和歌伎計較那麼多呢？」

「哼，既然老爺都開口了，就饒這丫頭一命。」阮大鋮下令：「把這不知好歹的女人送入宮中，選個最苦的角色讓她去演吧。」

李香君淚如雨下，心裡想著：「我已經賭上性命，就算一死，也要吐露心中的鬱悶，可惜我還是有說不完的心事哪。」

李香君被帶走後，馬士英整理了一下衣著，說：「你們看，好好的一場聚會，就被這不識相的女人破

桃花扇

壞了，真是掃興！」

　　阮大鋮知道馬士英的好心情被破壞了，連忙向他陪罪：「真是抱歉，我招待不周，還希望馬老爺宰相肚裡能撐船，大人不計小人過。改天我再辦個盡興的宴會款待您。」

　　馬士英揮揮手，由僕人們簇擁著離開；阮大鋮交代僕人善後，也心情不佳的走了。

　　「唉，沒想到香君這麼快就遇上了死對頭。她與阮大哥原本想法就不一樣，兩個人見面難免會發生衝突，剛剛要是沒有我的維護，她的性命恐怕就保不住了。」楊龍友想著，忍不住又嘆口氣：「算了算了，她被選進宮也不見得不是件好事，起碼不用我和蘇兄掛念。只不過她的閣樓沒人看守，這該怎麼辦才好？」

　　忽然一個名字浮上心頭，楊龍友開心得拍手大叫：「啊，有了！那個當畫家的朋友藍瑛，幾天前拜託我幫他找個居住的地方，不如就讓他暫時住進香君的閣樓吧。至於香君，等她出了宮再說吧。」於是他打定主意，便立刻找藍瑛，並說明他的想法。藍瑛欣然接受，不久便搬進李香君的閣樓。

　　過了幾天，阮大鋮聽說弘光皇帝對某些角色的人

選不太滿意，因此命人傳喚演員沈公憲、張燕筑以及歌伎寇白門、鄭妥娘與李香君等人到薰風殿外，想讓弘光皇帝親自選角，然後表演一齣以取樂弘光皇帝。眾人紛紛抵達，卻只有李香君不見人影。

阮大鋮想到那天宴請馬士英時，李香君讓他顏面盡失，滿肚的怒氣還沒消，現在又沒見到李香君，怒問：「你們都在這裡了，怎麼李貞麗還沒來？」

寇白門回答：「她前些日子在雪中摔了一跤，到今天身體還在痛，所以現在正躺在床上起不來。」

「這是什麼理由？」阮大鋮說：「等一下皇上就要來了，皇上親自選定燕子箋的角色之後就要表演，怎麼可以任她這麼使性子，愛來不來？簡直就是造反了！來人啊！快去把李貞麗給我捉來。」

「是、是，我們這就去拉她過來。」

阮大鋮怒氣沖沖，自言自語的說：「李貞麗這個傢伙，簡直可惡到了極點，看來今天我非得挑個又醜又老的角色給她不可！」

沒多久，李香君被硬生生的拖來站在薰風殿外頭，阮大鋮正要發火，卻突然聽到殿內傳來「皇上駕到」，只好壓下怒氣，飛快奔入殿內恭迎。只見兩個太監手執龍扇在前頭引導，另外兩個太監在一旁提壺捧盒，

桃花扇

弘光皇帝一派慵懶的走進薰風殿裡，坐上寶座。

弘光皇帝托著頭，心情低落的想著：「看看這滿城的春光，獨獨朕黯淡無光。仔細想想，朕是皇帝，卻沒有多餘的娛樂，每天待在這個皇宮裡，有什麼意思？簡直讓人發悶！」

阮大鋮急忙跪拜：「皇上萬歲、萬歲、萬萬歲！臣光祿大夫阮大鋮向皇上請安。」

「平身吧，愛卿。」弘光皇帝對阮大鋮說。

阮大鋮問：「現在天下太平，正是皇上及時行樂的好機會，怎麼會看起來悶悶不樂呢？」

「朕有一件心事，想必愛卿應該是知道的。」

「難道是擔心盜匪作亂？」阮大鋮裝作不知情。

「不是。」弘光皇帝回答：「畢竟隔著艱險的黃河，就算他們長了翅膀，也無法攻打我南明王朝。」

「那……是擔心士兵體弱、軍糧不足？」

「也不是，你沒看那史可法與他統領的四鎮武將，個個糧草充足、兵強馬壯。」

「都不是的話，那……」阮大鋮想了想，再問：「難道是為了還沒找到皇后的事？」

「不，禮部已經在各地搜羅美女了，相信很快就能冊封皇后。」

「啊，臣知道了！」阮大鋮說：「想來應該是擔心叛臣想要迎立潞王囉？」

「哎呀，愛卿愈說愈不對了。」弘光皇帝笑答，「那些叛臣老早就被捉起來了。」

「那究竟是為哪件事呢？」阮大鋮跪下行禮，說：「微臣實在笨拙，無法猜得皇上的想法，還盼望您能告知，好讓臣為您分憂。」

「哈哈，朕就告訴你吧。」弘光皇帝說：「因為你之前所獻上的劇本燕子箋實在寫得太好，剛好可以拿來點綴這個太平社會。原本預定要在正月十五的元宵節演出，現在都正月初九了，卻還有幾個演員不合朕的意，這樣拖下去，要是過了元宵，不是非常掃興嗎？」

「啊，原來是為這件事！」其實阮大鋮早就知道弘光皇帝的心意，他裝傻不過是為了滿足虛榮，想從弘光皇帝口中聽到讚美。他裝出又驚又喜的樣子，說：「啟奏皇上，燕子箋的角色都已經選好很久，不知道哪些演員不合您的意呢？還請皇上告知，臣必定鞠躬盡瘁，以報答您賞識燕子箋的恩情！」

弘光皇帝說：「其他角色還說得過去，不過男、女主角以及丑角，卻演不出燕子箋的精髓啊！」

「這容易，皇上不需要擔心，在臣的努力下，臣已經替您召集了南京城內最有名的演員與歌伎，現在就在殿外，準備讓您選定。」阮大鋮諂媚的說。

「傳他們進來吧。」

「臣領旨。」阮大鋮急忙將寇白門等人帶進殿，拜見弘光皇帝。

弘光皇帝一見到他們，先問了沈公憲與張燕筑：「你們兩個都演過戲？」

「新出的牡丹亭、燕子箋都曾演過。」

「燕子箋也會？」

「是的。」

「既然都會了，就在宮中擔任教戲的老師吧。」弘光皇帝說完，又轉頭問：「那三個歌伎呢，學過燕子箋嗎？」

寇白門與鄭妥娘回答：「都學過了。」

「咦，那邊那個年紀輕的，妳怎麼不回答？」弘光皇帝注意到李香君沒有開口。

李香君微微行禮，回答：「沒學。」

阮大鋮聽到李香君的回答，立刻說：「啟奏皇上，

那兩個學過戲的，照慣例應該讓他們當男、女主角，這個沒學過的，則應該派去扮演丑角。」

「既然有前例，那就依照你所說的做吧。」弘光皇帝說：「你選一段燕子箋，叫他們演一遍給朕看看，你也順便指點、指點他們。」

阮大鋮領旨，便趕緊指揮眾歌伎、演員，演了一段燕子箋，沒想到他們個個對這部戲都非常熟悉，無論臺詞、動作都配合得天衣無縫，完全看不出來是臨時排演的。

弘光皇帝看完後，龍心大悅，笑說：「有趣！有趣！不愧是知名演員，既然你們都對燕子箋那麼熟悉，朕就不愁元宵節演不了戲了！來人啊，拿酒來，今天朕要好好喝幾杯，朕實在太高興了！」

弘光皇帝拿起太監遞上的酒杯，一口喝盡，說：「來來來，今天也算難得，我們君臣同樂一下。朕來打鼓，你們各自演奏擅長的樂器吧！」

桃花扇

「臣遵旨。」阮大鋮命令眾人分別拿起樂器，一陣敲敲打打、吹吹弄弄，將整個薰風殿的莊重氣息一掃而空，十分熱鬧。弘光皇帝瞧了瞧眼前的情景，不禁開懷大笑，說：「哈哈！原本十分憂愁的心情，有九分都拋到雲霄外了！真好！真好！」於是又高興的下

令：「再倒三杯酒來！」

弘光皇帝豪邁的將美酒一飲而盡，眼角餘光瞄到呆站在一旁的李香君，仔細打量之後，發現她長相秀麗，便對阮大鋮說：「這個年紀輕的歌伎，長得倒是不錯，讓她當丑角太委屈了。」他轉而問李香君：「妳沒學過燕子箋，那有學過別的戲嗎？」

「學過牡丹亭。」李香君回答。

「好，那就唱一段牡丹亭來聽聽吧。」

沒想到會突然被要求唱曲，李香君不禁羞紅臉，一時之間竟然緊張得無法開口。

弘光皇帝笑說：「瞧她臉蛋發紅，真是覥腆得可愛，來人啊，給她一把扇子，讓她遮掩遮掩她的緊張。」

李香君接過扇子，半遮著臉，嬌聲唱起牡丹亭，柔美的嗓音低聲泣訴，將杜麗娘滿腹憂愁化為細絲，密密的纏繞住眾人的情感，一字一句都是數不盡的相思。

弘光皇帝忍不住大聲讚許：「妙！妙！原來她不只是容貌出眾，連聲音也非常動人，怎麼可以大材小用呢？就派她做燕子箋的女主角吧。」

阮大鋮忍住滿腔的怒氣，無奈回答：「臣遵旨。」

弘光皇帝滿意的點點頭，接著對李香君說：「妳就先留在薰風殿，把燕子箋練熟，三天後和大家一起演出，妳可別讓朕失望了。好啦！回宮。」他滿意的看了看李香君，便一面吟著「千年以來只有歌場讓人快樂，萬事有了美酒之後還有什麼憂愁」，一面微醉的讓太監攙扶著離開。

眾人送弘光皇帝離去後，阮大鋮恨恨的威脅李香君：「妳給我好好的練，不然別怪我心狠手辣！」

「唉！我人已經被困在宮中，哪裡還有什麼可以期待的事情呢？」弘光皇帝的期待與阮大鋮的威脅，讓李香君不得不乖乖聽命。一旦被選入宮中，她不知道什麼時候才能出宮，更不知道是不是還有機會和侯方域相見，忍不住悲從中來，落下淚來。但她轉念一想：「現在唯一的辦法就是先將燕子箋練熟，說不定上天可憐我，過不久就會讓我有機會出宮，到時候就能再與相公見面也說不定。」於是她便靜下心，待在薰風殿中專心練戲。

第十一章　桃花扇傳遞情意　侯方域情比金堅

出發返回河南老家的蘇崑生，一心惦記著要尋找侯方域，將桃花扇交給他。這天，他騎著驢子走在黃河河堤，看見遠方烽火四起，黑色的濃煙像一頭凶猛的野獸，眼前的一切彷彿正要被它吞噬，令人心驚膽顫。

當他正為南明的未來感慨時，突然幾名慌亂的士兵衝了過來，將他用力推下河，搶走驢子就逃，蘇崑生還隱約聽見他們吆喝著：「我們打輸了，快逃！」

蘇崑生跌入深不見底的河水，不會游泳的他拚死呼喊著：「救、救命啊……救命啊！」掙扎求生的同時，他也沒忘記包袱裡有李香君看得比生命還重要的桃花扇，急忙將包袱高舉過頭。

這時候，一艘船遠遠的朝他划近，等船靠近蘇崑生之後，船夫便趕緊將他救上船，包袱則是半乾半溼的放在一旁。

「好冷！好冷！」蘇崑生在冷風中渾身打顫。

船夫默默的從船艙取了衣服，要蘇崑生換上。蘇崑生一面顫抖的換著衣服，一面說：「多謝大哥，你簡直是我的再生父母。」

「你別謝我，」船夫搖搖頭，「是我們家夫人叫我救你的。」

蘇崑生整理好儀容，便對船夫說：「那可以麻煩大哥幫我通報一聲嗎？我想親自向你家夫人道謝。」船夫點點頭，走進船艙，過了一會兒，一名風姿綽約的女子走了出來。

蘇崑生正要行禮道謝，見到女子面貌，吃了一驚，大喊：「啊，妳不是……妳不是貞麗姑娘嗎？妳怎麼會在這兒？」

李貞麗被他的喊聲嚇了一跳，這才仔細看向他，笑說：「原來是蘇師父，好久不見，你從哪兒來的啊？」

「說來話長。」蘇崑生說：「自從妳嫁給田仰之後，香君不肯下樓，每天從早到晚都緊閉樓門，只顧著哭泣，簡直像是水做的一樣。」

李貞麗想起李香君瘦弱的身體，忍不住紅了眼眶：

「香君一個人住，她要怎麼過活？她還好嗎？」

「香君平安無事。」蘇崑生接著說：「不過她非常思念侯公子，所以拜託我尋找他的下落，可惜因為社會動盪不安，到現在依舊沒有侯兄的消息。」

「沒事就好……那你又為什麼會掉到水裡呢？」李貞麗問。

「說到這個我就氣！我剛剛騎著驢子走得好好的，沒想到被幾個逃難的士兵搶去驢子，還把我推下水！」蘇崑生頓了一下，說：「還好遇見妳，救我一命。」

「原來如此，看來我與蘇師父真是有緣，所以今天才能又見上一面。」李貞麗笑說。

「是啊！」蘇崑生又問：「話說貞麗妳不是嫁入了田府，怎麼會在這裡？」

「我去拿柴火來，先幫你把衣服烘乾，再慢慢說給你聽吧。」李貞麗拿來火盆，邊細心的為蘇崑生烘乾溼衣服，邊說起自己嫁人後的經過：「我嫁給田仰之後，非常受到寵愛，他對我百依百順，過得也還算幸福。可惜田仰的妻子十分凶悍，又愛吃醋，所以當她知道田仰娶了我這個妾之後，就常常把我趕出房門，還差點被她打死……」

「哎呀，真是不得了！那田仰怎麼不救妳？」蘇崑生疑惑的問。

「田仰是個怕妻子的人……」李貞麗哽咽的說：「他為了討好妻子，居然將我賞賜給一個老兵！」

「既然嫁給了老兵，那妳怎麼會在這船上？」蘇崑生問。

「這是官府傳遞文書的船隻，老兵上岸送文書去了，要我在船上等候，也因為這樣才及時救了你啊。」李貞麗說完，忍不住嘆息連連。

突然一個喊聲傳來：「蘇崑生！」

兩人東張西望，發現不遠處停了一艘船，聲音就是從那艘船上傳來的。蘇崑生回應：「是誰叫我？」只見船艙走出一人，他瞇起眼睛一瞧──竟然是他苦苦尋找的侯方域！

「原來是侯兄！侯兄最近還好嗎？我一直在找你呢，想不到就在這裡遇見！真是謝天謝地，遇得真是太巧、太好了！」蘇崑生開心的大喊，連忙揮手要侯方域靠近：「你快過來瞧瞧，還記得這個老朋友是誰嗎？」

侯方域要船夫將船移近，吃驚大叫：「啊，這不是貞麗姑娘嗎？為什麼會來到這裡？那香君是不是也一起來了？」

李貞麗回答：「侯公子，自從你離開以後，香君便

為你守節，每天都不肯下樓。」

「啊，香君娘子，她……」侯方域想到這段時間的分別，心中不禁湧起許多辛酸苦楚，一時之間卻不知道該說些什麼才好。

李貞麗繼續說：「後來馬士英派人要來捉香君，硬要她嫁給田仰。」

「所以……她改嫁了嗎？」侯方域不安的問。

「她怎麼可能會改嫁？為了表明她的志節，一頭撞暈在地上了。」

「撞暈？那她有沒有事？」侯方域焦急的問。

李貞麗笑著搖搖頭，說：「她沒有事，只不過頭上流了不少血就是了。」

「流了不少血？」侯方域瞪大眼睛，恨不得能立刻飛到李香君身邊安慰她，「香君啊香君，讓妳受苦了！妳對我這麼深情厚意，我這輩子怎麼還得清呢？如果未來我們能夠重逢，我一定會把妳捧在手心，好好呵護，為妳做牛做馬……」

侯方域的深情告白，讓李貞麗不僅想起李香君，也想到了自己的遭遇，忍不住紅了眼眶。

「後來呢？馬士英就這樣放棄了嗎？」侯方域又問。

李貞麗收起悲傷的情緒，回答：「當時情況緊急，無可奈何，我只好代替她嫁給田仰了。」

「原來是這樣。」侯方域放下一顆懸著的心，喃喃的說：「香君沒有改嫁……她還在等我……」

侯方域察覺自己一直問李香君的事，忽略了李貞麗代替李香君嫁給田仰的委屈，實在失禮，便向李貞麗拱手行禮，說：「委屈貞麗姑娘了！妳的大恩大德，我日後一定會報答的。不過……既然妳嫁給了田仰，怎麼沒看到妳的相公？而妳搭船又是要去哪裡呢？」

「唉，剛剛蘇師父才問了這問題，我現在住在這艘船上。」李貞麗嘆了一口氣。

蘇崑生不忍心李貞麗還要重述自己的悲苦經歷，便替她向侯方域簡單說明。沒想到李貞麗竟然遭遇了那麼多事，侯方域又深深一拜，說：「想不到妳犧牲了這麼多，貞麗姑娘辛苦了。」李貞麗無奈的搖搖頭，卻也不知道該說什麼。

侯方域不曉得該怎麼勸慰她，便轉問蘇崑生：「那蘇兄又怎麼會來到這裡？」

「為了找你啊！」蘇崑生說：「一直沒有你的消息，香君無時無刻不思念你，所以拜託我來找你。香君還有一封『家書』，要我交給侯兄。」

桃花扇

「信？在哪裡？」侯方域急忙詢問。

蘇崑生從包袱裡取出桃花扇，說：「這封信不是寫在紙上，而是在宮紗與斑竹製成的折扇，上頭還寫了一首定情詩，你還記得嗎？」

「怎麼不記得？」侯方域深情款款的看著扇子，說：「這是我送給香君的定情扇。」

展開扇子，扇面上開出一朵朵桃花，蘇崑生手指著桃花，說：「你瞧，桃花紅豔，就像香君的真切情感，千言萬語也難以說盡。」

「咦？這扇子上怎麼會有桃花？難道是香君畫的嗎？」侯方域問。

蘇崑生說：「香君那天撞傷了頭，血濺到扇子上，楊龍友大哥不忍心看到扇子就這樣被汙損，所以他特別添上枝葉，於是，點點鮮血就變成了朵朵桃花。」

侯方域仔細觀賞扇面，說：「果然有些血點……楊兄的圖畫十分具有意境，看來這把桃花扇將會是我今生最寶貴的東西了。」

「是啊！」蘇崑生又接著說：「我啟程的時候，香君特別要我轉告你，說她的千愁萬苦都在這把扇子上了，她就

把扇子當作信，讓侯兄知道她有多想你！」

侯方域聽了，鼻子一酸，忍不住流下淚，說：「香君，我怎麼會不知道妳的心意呢？但妳知不知道，我也是這麼想妳？」

蘇崑生見他一臉愁苦，又想到李香君在南京城的苦苦盼望，不禁感嘆：「你們真是一對苦命鴛鴦啊！」

侯方域發現自己又陷入對李香君的思念之中，不好意思的紅了臉，咳了幾聲掩飾，連忙問蘇崑生怎麼會在李貞麗船上。

蘇崑生簡單的交代來龍去脈後，反問他：「那侯兄為什麼會來到這兒？」

「唉，說來話長啊。」侯方域思考著該從什麼地方說起，過了一會兒，才緩緩開口：「我隨高傑將軍到黃河一帶駐守，但高將軍有勇無謀，竟然當眾辱罵睢州總兵許定國，許定國懷恨在心，就設下陷阱要報這讓他丟臉的仇恨，假意邀請高將軍參加宴會，我雖然一再勸阻，可惜高將軍不聽勸，接受了邀約。許定國就這樣趁高將軍鬆懈時，在宴會上殺了他，還帶著他的人頭，帶領大軍投靠清兵，又引清兵南下，導致黃河一帶兵荒馬亂，好像是地獄一樣……」

桃花扇

想起一路上看見的慘狀，侯方域數度哽咽，幾乎

說不下去：「我們打不過清兵，死的死、逃的逃，而軍情訊息又因為戰爭而被阻斷，我也無法回報給史大人，無計可施，我只好先逃回河南老家，帶著父親逃到山中避難。後來聽說史大人到了南京城，因為怕被許定國的人馬發現我的行蹤，所以才雇了艘船前往南京城，沒想到這麼巧遇上你們。」

「原來是這樣。」蘇崑生點點頭表示了解。

「不過……你們看，四處都是逃亡的士兵，叫我有什麼臉回去向史大人報告？也不知道史大人是不是真的到了南京城？」

「既然這樣，不然你先和我回南京城探望香君，再做打算，你覺得怎麼樣？」蘇崑生建議。

「也好，那麼我們就先拜別貞麗姑娘了！」侯方域拱手向李貞麗道別。

蘇崑生搭上侯方域的船，一路往南京城方向而去。

李貞麗看著漸漸遠離的船影，忍不住嘆了口氣，心想：「從前一家人住在秦淮河畔的日子多麼快樂，現在我卻被困在這裡，不知道這輩子還有沒有機會再見香君一面？」淚水靜靜流過她的臉龐，落進滔滔河水，消逝無蹤。

回到南京城時已經深夜，侯方域便與蘇崑生投宿旅店，蘇崑生因為不想打擾兩人團聚，笑著要侯方域獨自去找李香君。隔天，侯方域清晨便急急忙忙的到了門外，卻發現門沒有上鎖，屋內也靜悄悄的。侯方域心想：「可能香君還沒起床，不如我悄悄上樓，靜靜的站在她的床邊，等她醒來看到我，一定會非常開心的！嗯，就這麼辦！」

侯方域輕手輕腳的開了門，卻發現屋內的擺設全都不一樣，從前李香君時常使用的琵琶、飾物盒等換成了滿滿的書籍與繪畫，過大的轉變令他十分納悶。「也許是香君為我守節，所以不願意再擺出那些當歌伎時習慣用的東西，便改用畫畫來排解心中的煩悶吧。」

走到李香君房前，侯方域想推開門，卻只是讓門上的灰塵飛了起來——房門竟然是上鎖的，看起來像是很久沒住人了。他心中七上八下，擔心李香君是不是發生什麼事。

就在侯方域為了李香君的安危擔心時，樓下傳來聲響，侯方域以為是李香君，便邁開腳步，飛奔下樓，剛好與藍瑛撞個正著。

「你……你是什麼人？居然隨便闖進我家！」藍

桃花扇

瑛沒想到會突然冒出一個人，嚇了一跳。

「我才要問你呢，你是誰？這是香君的閣樓，你怎麼會在這裡？」侯方域反問藍瑛。

藍瑛見他一身文人打扮，氣質出眾，認為他應該不是壞人，才自我介紹：「我叫藍瑛，是個畫家，是楊龍友大哥安排我住這兒的。」

「哦！原來你就是藍兄，久仰大名。」侯方域笑著行了個禮。

「請問你是哪位？」藍瑛上下打量侯方域，一臉懷疑。

「我是復社的侯方域，也是楊兄的朋友。」

藍瑛聽見他就是侯方域，樂得眉開眼笑：「啊，原來是侯兄，我早就想要認識你了，今天能夠與你相遇，實在是我的榮幸。快請坐。」

侯方域等藍瑛坐好後，也坐了下來，並問：「我想請問藍兄，你知道香君到哪裡去了嗎？」

「聽說是被選入宮中了。」

「怎麼會？」侯方域大吃一驚，忙問：「怎麼會被選入宮？她什麼時候去的？」

「這……我就不清楚了。」藍瑛為難的說。

桃花扇

「難道我們沒有緣分嗎？」侯方域一嘆。他滿心

期待想與<u>李香君</u>相逢，沒想到上天竟然這麼捉弄人
——<u>李香君</u>獨自守在這裡時，他四處避難；當他回來，
<u>李香君</u>卻入了宮，原先雀躍的心立刻沉到谷底。看著
這個熟悉的地方，<u>侯方域</u>想起兩人定情那天，庭院中
桃花盛開，將這座閣樓襯托得特別高雅；如今就算是
桃花盛放得再美，沒有<u>李香君</u>，也只是增加傷感，令
人更加懷念過往罷了。

　　他拿出懷中的桃花扇，緩緩打開，輕輕撫著扇面
上的桃花，感覺上頭的桃花比起屋外的更嬌豔百倍。
他抬起頭，盯著寂靜的房間，出了神，想到<u>李香君</u>對
他的情意，忍不住淚眼婆娑，喃喃自語著：「恐怕今生
今世我都和這桃花分不開了吧。」

　　<u>藍瑛</u>看到<u>侯方域</u>手中的桃花扇，好奇的問：「不知
道這桃花是誰畫的？」

　　<u>侯方域</u>被<u>藍瑛</u>的話拉回思緒，趕緊回答：「這是<u>楊
龍友</u>楊兄所畫的。」

　　「你為什麼對著它流淚？」
<u>藍瑛</u>不解的問。

　　<u>侯方域</u>盯著扇子，回
答：「因為它是我與<u>香君</u>的
定情物啊。當初與她成親時，寫下了這

首詩，以為可以一直相守，沒想到不久後我就為了避難，遠走他鄉，而香君也為我守節，不肯下樓，因此惹惱了幾個高官，還想逼她改嫁。香君一時著急，竟然以死明志，把頭都撞傷了，她的血濺到了這扇上，楊兄巧妙的在血點上添畫枝葉，就成了這幾朵桃花了。」

「原來如此，畫得可真好，你不說的話，完全看不出是血跡。」藍瑛讚嘆的說。

侯方域正想要回話，忽然聽到身後傳來一聲：「哎呀！侯兄什麼時候來的？」兩人回頭，竟然是楊龍友。原來楊龍友來探望藍瑛，沒想到卻意外見到侯方域，因此才驚呼出聲。

侯方域回答：「剛剛才到，還來不及去拜訪楊兄，我們就在這兒巧遇了。」

「聽說你在史大人手下做事，非常受到重用，前些日子隨高傑到了黃河一帶，不過我聽到消息說高傑已經被許定國殺害，也不知道是真是假？如果是真的，你又是怎麼逃過一劫的？」楊龍友問起侯方域的近況。

侯方域簡單帶過這段日子的遭遇，他有更重要的問題要問楊龍友：「楊兄，你曉得香君是什麼時候被選進宮的嗎？」

「我記得是正月初七。」楊龍友回答。

「那她還好嗎？她有機會出宮嗎？」

「這……這我就不知道了。」楊龍友皺眉，他自從在阮大鋮宴會上見過李香君後，也很久沒有李香君的消息了。

聽見楊龍友的回答，侯方域十分沮喪，一切都是未知數，那唯一的辦法只有……「那我只好待在這兒等她了。」

楊龍友忍不住開口勸他：「香君出宮的日子恐怕遙遙無期，這個地方已經沒有可以留戀的東西，你還是另外找個佳人吧。」

「這怎麼可以！」侯方域堅定的說：「香君是怎麼對我的，又對我付出多少，楊兄你最清楚了，你說，我怎麼可以辜負她？」

「你說的沒錯，香君對你一往情深，始終不願改嫁……」楊龍友被侯方域一說，只好尷尬的順著侯方域的意思，說：「你有這份深情堅定的心意，假使香君知道，必定會非常感動。」

「唉……只是什麼時候才能見到香君呢？」侯方域仰天長嘆。

「侯兄，你不要想那麼多，凡事都有定數，我相

第十一章　桃花扇傳遞情意　侯方域情比金堅

147

信你們總有見面的一天。先別心煩了，不如一起來欣賞藍瑛的新作品，換換心情吧。」楊龍友拉著他走到藍瑛身旁。

藍瑛將他新完成的畫鋪在桌上，客氣的說：「還請楊兄、侯兄多多指教！」

「這不是一幅桃花源＊嗎？」侯方域被畫上細膩的筆法、生動的景色深深吸引。

「正是。楊兄、侯兄就暫時忘掉人世間的煩惱，進入這一個桃花源吧！」

「這是幫誰畫的？」楊龍友對這張畫愛不釋手。

「是幫錦衣衛的張薇大人畫的。張大人最近重修閣樓，說要把這幅畫裱起來作為屏風。」藍瑛笑說。

桃花扇

＊桃花源：指與世隔絕、安和樂利的理想世界。

侯方域細細觀賞，忍不住連連稱讚：「妙！妙！看這筆觸，全是創新的手法，一點也不庸俗！」

「過獎了，既然侯兄在場，你的文筆遠近馳名，為這幅畫題幾句詩，好嗎？」藍瑛幾句謙讓，並請求侯方域表露文才。

「如果藍兄不嫌棄的話，那我就獻醜了。」侯方域說。

侯方域只是低頭思索了一下，靈感便源源不絕，寫下：「原是看花洞裡人，重來哪得便迷津，漁郎誑指空山路，留取桃源自避秦。」他明著是藉東晉陶淵明名作桃花源記的典故，來抒發心中的感受，但實際上卻暗指當初楊龍友要他追隨史可法避難，雖然躲過一劫，卻也錯過了與李香君相聚的機會，只留下數不盡的遺憾。

楊龍友看了，臉色一僵，說：「寫得好，只不過侯兄似乎有責怪我的意思？」

「楊兄想太多了。只是……」侯方域嘆說：「這裡的一草一木都沒有改變，卻已經變成了一座人去樓空的桃花源，讓我十分傷感罷了。」

「你不要埋怨我，現在是馬舅爺與阮兄掌控大權，他們雖然是我的至親好友，但實際上我也不敢勸他們

什麼。之前阮兄設宴招待馬舅爺，要香君唱歌取樂，哪裡知道香君脾氣剛烈，指著兩人一陣大罵，嚇出我一身冷汗。」楊龍友原本不想提這件事讓侯方域擔心，但侯方域若有似無的怪罪讓他不得不為自己辯解。

「哎呀，這下子香君不是要遭到他們的毒手了？」侯方域一臉擔憂。

「你別擔心，幸虧我在一旁替她說話，她才不至於丟了性命，只被推入雪地，受了一點驚嚇。後來她被選入宮中，這也算是安全。」楊龍友一頓，再說：「這樣你還怪我嗎？」

侯方域微微紅了臉，朝楊龍友深深一拜：「多謝楊兄救了我，也幫了香君。」

「你與阮大鋮本來就有過節，現在香君又冒犯了他。我看你回到南京城的消息，很快就會傳入他的耳裡，恐怕此地不宜久留，你最好另外找地方居住。」

「是、是，多謝楊兄指點。」侯方域將桃花扇妥善的收好，朝兩人抱拳行禮：「我這就告辭了。」

桃花扇

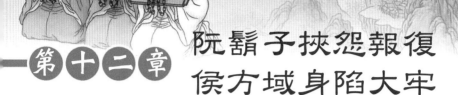

第十二章 阮鬍子挾怨報復 侯方域身陷大牢

侯方域回到旅店，趕緊與蘇崑生收拾行李，另外尋找住處。侯方域不禁嘆息：「不知道哪裡偏僻安靜，可以容許我們多住幾天好等待香君的消息？難道我連這樣小小的心願都無法達成？」

蘇崑生安慰他：「我看這時局多變，小人老是公報私仇，我們不如先暫時避避風頭，再慢慢打聽香君的消息。」

「你說得對。唉，只是看起來前途茫茫啊……對了，聽說陳貞慧與吳次尾都住在離這兒不遠的地方，我們不妨去找他們，一來可以敘舊，二來也問問有沒有地方居住。」

兩人來到了南京城的三山街，看見一家二酉堂書店，門上貼了一張紙，寫著「復社文開」，底下還署名「陳貞慧、吳次尾兩先生新選」。侯方域喜出望外，說：「難不成他們兩人現在搬到這裡了嗎？」

「等等，讓我問一下。」蘇崑生走進書店，問：「老闆在嗎？」

「來了！」書店老闆蔡益所慌忙從裡頭跑了出來，大喊：「請問要買什麼書嗎？」

蘇崑生搖搖頭，笑著說：「我們不是要買書，是想請教一個問題。」

「問什麼？」

跟進書店的侯方域聽見問話，接口說：「我們想問，不知道陳貞慧與吳次尾兩位曾經來過這裡嗎？」

「他們剛好在裡面。」蔡益所說：「你們要找他們？那我去請他們出來。」說完轉身入內，不久陳貞慧和吳次尾便走了出來。

二人沒想到竟然會見到侯方域和蘇崑生，相當歡喜，驚呼：「哈，原來是你們！什麼時候進京的？怎麼沒有先告訴我們呢？」

桃花扇

「昨日剛到。」侯方域將高傑被殺，自己歷經艱險逃離許定國布下的眼線，以及李香君被選入宮的事全說了。陳貞慧與吳次尾忍不住嘆息，說：「現在時局難以預估，社會這麼動盪，我想該是我們讀書人要負起救國救民責任的時候了。」

「說得好，我也是這樣想。」侯方域大聲喊好，

聊了一會兒，才想起要問：「你們兩位在這裡是在編輯整理考試的文稿嗎？」

「真不好意思，也就是糊口飯吃罷了。」陳貞慧又說：「只不過在編輯的過程中，才發現我們復社都是品德清高的人哩。」

蔡益所見眾人聊得高興，一時之間不會結束，便說：「各位請入內用茶吧！」

屋內正在品茶閒談，卻不知道阮大鋮已經來到屋外。

原來阮大鋮又升了官，洋洋得意的他頭戴官帽、身穿官衣、腰繫玉帶的坐在轎子裡，吩咐僕人：「不必叫路人迴避，讓百姓看看我新任兵部侍郎的威風。」一行人浩浩蕩蕩、大搖大擺的繞著大街小巷，這時正好進入了三山街。

阮大鋮滿面春風，看著轎子外的來往百姓，一邊搧著扇子，說：「哼哼，我阮大鋮今日穿著皇上賜給我的官服官帽，神氣的四處拜訪朋友，而那幾個復社的小人現在躲得不見人影，這才顯出誰榮耀、誰狼狽，誰開懷、誰皺眉，哈哈！」

正高興的阮大鋮突然瞥到二酉堂門上貼的紙，喚來僕人：「停轎！那間房子門上怎麼有什麼『復社』的字？去把那張紙撕下來，讓我瞧瞧！」

　　阮大鋮接過僕人撕下的紙張：「復社文開……陳貞慧、吳次尾兩先生新選……」看到這裡，他已經憤怒的將紙揉成一團，大罵：「這是什麼東西？復社裡都是些作亂的人，朝廷正全力捉拿這些人，沒想到這書店這麼大膽，居然敢窩藏他們？立刻把書店老闆捉來見我！」

　　僕人們捉來了蔡益所，不知道自己犯了什麼罪的蔡益所全身抖個不停，跪在阮大鋮面前不停喊冤：「大人，冤枉啊，我並沒有犯法啊！」

　　「大膽！」阮大鋮大喝：「你看看這張紙上寫什麼？你犯的法可不小哪。」

桃花扇

　　蔡益所看清阮大鋮那張皺巴巴的紙上所寫的字後，抖著聲音回答：「啟稟大人，復社文開選錄考試金榜題名者的文章，每年都會編印一冊的。」

　　「我呸！」阮大鋮怒罵：「你還敢嘴硬！現在朝廷忙著逮捕這些東林黨、復社文人，你卻收留他們選書，你跟他們是不是一夥的？還不快點招供！」

　　蔡益所嚇得連忙撇清關係：「不關我的事，是他們

自己來的，現在正在裡頭呢。」

「太好了！踏破鐵鞋無覓處，得來全不費工夫！」阮大鋮大喜過望，大喊：「來人啊，好好守住前後門，一個都不許逃走！還有，把掌管刑獄的鎮撫司給我找來。」

接到命令的鎮撫司聽見是阮大鋮找他，慌忙得三步併作兩步，以生平最快的速度出現在阮大鋮面前。知道阮大鋮是要利用他的職權，通報錦衣衛來捉拿侯方域等人，鎮撫司雖然有些不滿，卻礙於阮大鋮在朝廷中的威勢，他也只能點頭答應。正當阮大鋮滿意的上轎準備離去時，侯方域等人正好走出門，看見書店被團團圍住，大吃一驚，連忙喊：「轎子裡不知道坐的是哪位大人？我們犯了什麼滔天大罪，要這麼嚴密的被看守？」

阮大鋮坐在轎裡，聽到聲音，明知是侯方域等人，卻假裝不知情的問：「呵呵，請問各位是誰啊？」侯方域、陳貞慧、吳次尾自認為問心無愧，便毫不害怕的報上名字。

阮大鋮挑眉冷笑：「嘿嘿，就是你們三個！仔細看看我是誰吧！」布簾一掀，他大步走下轎，指著吳次尾：「你竟然敢在孔廟羞辱我，甚至還毆打我？」頭一

偏，改指著<u>陳貞慧</u>罵：「我好心借你<u>燕子箋</u>，你不感謝就算了，為什麼要在私底下罵我？」最後向著<u>侯方域</u>，氣得臉紅脖子粗：「你啊，你知不知道廉恥？我幫你付了這麼多聘金，讓你和<u>李香君</u>結為夫妻，沒想到你們不領情就算了，還亂扔我送的衣服、飾品！」

「哎呀，原來是<u>阮</u>鬍子來報仇了！」<u>侯方域</u>笑著說。

「不如把他拉到人來人往的城門口，向大家說說他的行為有多麼令人討厭！」<u>陳貞慧</u>與<u>吳次尾</u>一搭一唱，配合得天衣無縫。他們見下轎的人是<u>阮大鋮</u>，不但不懼怕，還嚷著要揭開他的假面具。

火冒三丈的<u>阮大鋮</u>強壓下心中怒火，指著遠方人影，微笑的說：「別忙，你們倒是瞧瞧，那邊來的是什麼人？」

所有人朝他指的方向望過去，發現那幾個人影竟然是錦衣衛，圍觀群眾連忙鳥獸散，不敢再待。幾個錦衣衛一到書店，便大聲嚷嚷：「誰是<u>陳貞慧</u>、<u>吳次尾</u>、<u>侯方域</u>？」

「我們就是！」<u>侯方域</u>胸口一挺，向前跨步：「有什麼事就在這裡說個清楚！」

「到衙門說吧！」錦衣衛不管三七二十一，硬將三人帶往衙門，阮大鋮冷笑一聲，得意洋洋的上轎離開。

蔡益所被嚇得不知道該怎麼辦，想到蘇崑生還在書店裡頭，趕緊大叫：「蘇兄快出來，選書的兩位公子還有侯公子，三人都被捉走啦！」

聽到這話，蘇崑生連忙衝了出來，問清事情的來龍去脈後，忿忿不平的說：「這根本是公報私仇，可惡的阮大鋮！」

「這下子該怎麼辦？」蔡益所十分慌張，臉都急得皺成了一團。

「我們也跟著去，打聽清楚，才好想辦法救他們出來！」蘇崑生不等蔡益所回答，急忙跟上遠方快看不見的人影。但是蔡益所怕惹禍上身，只是敷衍幾聲，並沒有跟著蘇崑生。

桃花扇

侯方域等人被各自拷上枷鎖，捉進衙門後便跪在地上等候審判。

張薇整理好衣裝，升堂坐定，瞧了瞧錦衣衛呈上的緝拿單，對三人說：「根據緝拿單上的罪狀，你們互相勾結，替叛黨進行賄賂、收買官員的事情，因此被捉到這裡。究竟到底做了哪些事，快點仔細招供，免

得我用刑，那你們就得遭受皮肉之苦了！」

　　<u>陳貞慧</u>與<u>吳次尾</u>不約而同的說：「大人要我們招什麼呢？我們只不過在挑選、編輯考試文稿，犯了什麼罪？」

　　<u>侯方域</u>接著說：「大人，我只是來拜訪朋友，卻無緣無故被捉起來，簡直是莫名其妙！」

　　「照你們這麼說，難道是我誣賴、陷害你們嗎？」<u>張薇</u>拍桌大罵：「大膽刁民，看來不用刑具逼供，你們是不會說出實情的！」

　　<u>陳貞慧</u>說：「大人不必生氣，草民<u>陳貞慧</u>與<u>吳次尾</u>只是在<u>蔡益所</u>的書店內編書，真的沒有犯法的行為，您可以傳<u>蔡益所</u>前來作證。」

　　<u>吳次尾</u>附和說：「草民<u>吳次尾</u>，當時正與<u>陳貞慧</u>共同編書，請大人明察。」

「是這樣嗎？」張薇挑眉，說：「既然你們是在蔡益所的書店，想必他也知情。來人啊，把蔡益所帶來！」幾名錦衣衛應了一聲，領命離去。張薇轉而看著侯方域，問：「那你呢？你有什麼話說？」

侯方域回答：「草民侯方域，四處遊歷，剛好來到南京城，因為想念陳貞慧、吳次尾，所以才會到書店去拜訪他們，沒想到卻被捉來這裡。我什麼都沒做。」

張薇一聽到「侯方域」，心想：「幾天前藍瑛幫我畫的桃花源圖，上面有侯方域的題詩和落款，難道就是他？」原來託藍瑛繪製桃花源圖的錦衣衛就是張薇，藍瑛拿圖給他時，還大力讚賞侯方域的文筆和人品，他正想找機會拜訪侯方域呢。

張薇臉上的線條和緩不少，問：「你是在藍瑛的桃花源圖上題詩的侯方域嗎？」

「是草民。」侯方域不知道這句問話是吉是凶，但他還是決定照實承認。

張薇站起身，朝他拱手行了個禮：「失禮了，你的那首詩見解獨特，我非常喜歡、欽佩，剛剛如果有得罪的地方，還請多多見諒。」

正聊得興起，剛才領命的錦衣衛已經回到公堂上：「啟稟大人，書店大門關閉，蔡益所早就逃得無影無

桃花扇

蹤了。」

「這下子沒有人證，該怎麼審判呢？」張薇推測三人應該是遭到阮大鋮報復，但是關鍵的蔡益所目前下落不明，他也只得先做出判決，以免被阮大鋮逮到機會陷害他。「三人暫時押到大牢，等捉來證人蔡益所後再審理這件案子。」

第十三章

左良玉聲討惡人
阮鬍子奸笑解危

　　侯方域等人被捕之後，蘇崑生憂心忡忡，到處奔走，卻找不到辦法救出他們，正當他萬分焦急時，突然想到侯方域的父親是左良玉的老師，或許可以拜託左良玉幫忙。心急的他趕緊奔去湖北，準備向左良玉求助，想不到一連三天，左良玉忙著操兵練軍，忙得不見人影，蘇崑生只能在旅店裡苦苦等候。

　　這天，已經是明月高升，還不見左良玉的大軍回營，蘇崑生問旅店掌櫃：「請問掌櫃，不知道今天左將軍什麼時候會回營？」

　　「這個啊，還早呢。」掌櫃說：「你沒看那三十萬大軍，每日從早到晚操練，怎麼有時間休息？況且今天又有九江督撫袁繼成、巡按御史黃澍在練兵場上，哪裡能說回營就回營？」

　　「既然這樣，幫我拿一壺酒來，我在這兒慢慢等他吧。」

「等他做什麼？」掌櫃笑說：「還不如喝了酒，早點去睡。」

「放心，我也只是在這裡等著，你要關店便關店，不用理會我。」

掌櫃無奈的揮揮手，從廚房拿了一壺酒給他。

蘇崑生嘆口氣，說：「看看那一輪明月，早早便掛在天上，正是良辰美景，原本該有一番雅興，但正事還沒辦好，實在是沒有心情作樂……看來只能借酒澆愁，唱一首曲子解解悶吧。」

掌櫃提醒他：「這位客人，左將軍有令，軍民晚上禁止在路上遊蕩，也不能製造聲響，你千萬別唱歌犯了軍法啊！」

蘇崑生喝了杯酒，不在乎的說：「算算時間，左將軍也該要回營了，說不定他聽見我唱歌，把我捉去問罪，也是一個見他的好機會！」說罷，他便開始高歌，掌櫃無法勸阻他，也只好任由他唱了。

忽然旅店外一陣馬蹄亂響，幾隊士兵身穿盔甲、揹著弓箭從旅店門前走過。蘇崑生猜想是左良玉練完兵準備回營休息，便把握機會唱得更加起勁，恨不得下一秒就能見到左良玉。

歌聲傳入左良玉的耳裡，不禁大怒：「現在是戰爭

時期，居然有人不遵守軍令，在半夜唱歌。來人，快把他捉來受審！」幾個士兵聽令，飛快的把<u>蘇崑生</u>捉到營中。

<u>左良玉</u>才剛回到軍營，士兵們已經將<u>蘇崑生</u>押到他面前。<u>左良玉</u>大喝：「剛才唱歌的就是你嗎？」

「是。」<u>蘇崑生</u>抬起頭，毫不畏懼的望向<u>左良玉</u>。

<u>左良玉</u>怒氣沖沖，指著他大罵：「軍令嚴謹，你竟然這麼大膽，看來是不想活了！」

「將軍，我冒著生命危險唱曲，實在是有無可奈何的隱情，還希望將軍見諒。」<u>蘇崑生</u>說。

「喔？」<u>左良玉</u>疑惑的問：「你有什麼隱情？」

<u>蘇崑生</u>回答：「我來自<u>南京</u>城，特地前來拜託將軍一件事，但是因為一直無法見到您，所以只好故意犯法，以求見將軍一面。」

「呸！這是什麼話，故意犯法只為了見本將軍？」<u>左良玉</u>大怒。

「<u>左</u>大人息怒，不如先問他有什麼事情需要見您？」一旁的<u>袁繼咸</u>連忙打圓場，見<u>左良玉</u>冷著臉點了點頭，趕緊要<u>蘇崑生</u>開口。

「謝將軍、大人。」<u>蘇崑生</u>急急的說：

「南京城奸臣掌權，朝廷四處搜捕復社文人，侯方域公子現在被關在獄中，恐怕會遭到奸臣的毒手，所以希望將軍能前去解救他！」

「侯公子被關起來了？他既然請你來求救，必定有求救信件，拿來給我瞧瞧吧。」左良玉伸出手，要蘇崑生快點拿出信件。

「啟稟將軍，那天阮大鋮突然派人押走侯兄，他哪裡來得及寫信？」蘇崑生慌張的說。

「只憑你隨便說說，我要怎麼相信你？」

蘇崑生急得漲紅了臉，卻想不出有什麼可以證明自己身分的方法。

左良玉想了想，說：「軍中有一位侯公子的好朋友，我請他出來和你見一面，就知道你是真是假。來人啊，請柳麻子前來。」

柳麻子一進營帳，便看見蘇崑生跪在中央，他先向左良玉行禮，問：「不知道將軍有什麼事要交代呢？」他心中雖然疑惑蘇崑生怎麼會出現在軍營，但礙於左良玉在場，他也不便隨意攀談。

「你認得他嗎？」左良玉指著蘇崑生。

「當然認得！他可是天下第一的唱曲好手，有誰不認得？」柳麻子開心的說。

有了柳麻子的保證，左良玉不再懷疑蘇崑生的身分，高興的說：「喔？想不到一個唱曲的人，竟然這麼有義氣。」

柳麻子不清楚發生了什麼事，一臉困惑的看著左良玉與蘇崑生。左良玉簡單交代事情經過，便請眾人坐下，問蘇崑生：「你再仔細說說侯公子為什麼被關起來？」

「只因為他是復社的人，他曾經抨擊閹黨、譴責阮鬍子，那個阮鬍子為了報仇，就在三山街將侯公子他們全捉了起來！」蘇崑生氣憤不已，又說：「侯公子入獄後，音訊不通，我四處奔走也想不到方法救他們，於是冒著生命危險，違犯軍令，懇求左將軍救救他們。如果將軍能救救侯公子，也不枉費我的一番心意了。」他站起身，對著左良玉不停彎身拜託。

左良玉聽完，憤怒的說：「沒想到朝廷的權貴竟然如此是非不分！為了『復社』二字，就不分青紅皂白的胡亂捉人。自從皇上即位後，馬士英、阮大鋮的卑劣行徑我雖然略有耳聞，卻沒想到這兩人居然這麼膽大妄為。」

「將軍，您因為帶兵而不在朝廷的時間太長，恐怕不知道情況有多糟。」袁繼咸說：「馬士英與阮大鋮在朝廷中作亂已經到無法無天的地步了。聽說皇上以前的妃子千里跋涉的逃到南京城，馬士英和阮大鋮不但不認她，居然把她關起來，還大肆為皇上選妃，準備冊立皇后，您說可不可恨？」

「還不只如此。」黃澍也有不滿，滔滔不絕的說：「先帝的太子由北方歸來，馬、阮竟然以『太子已死』的理由將他囚禁，許多官員力挺他是真太子，沒想到也被捕下獄。除此之外，他們公報私仇、賣官求榮、夜夜笙歌，所有壞事都幹盡了，現在搞得朝中一片烏煙瘴氣。」

蘇崑生說：「百姓的生活也不好過啊，前些日子阮大鋮獻了一部燕子箋要討好皇上，還在民間強徵演員、歌伎入宮，為的就是演這部戲。上梁不正下梁歪，有他們在朝廷裡為非作歹，各個地方官也有樣學樣，欺壓百姓，大家都苦不堪言啊！」

左良玉越聽越氣憤，拍桌大罵：「我們在戰場上為國家效力，為的是什麼？還不就是希望國家興盛、百姓安居樂業，想不到皇上竟然重用奸臣，陷害正人君子。滿朝官員只剩下一位史可法還有忠心，極力想要

恢復大明國土，卻也因為馬、阮的處處限制，無法有什麼作為……現在只有我左良玉孤軍奮戰，要怎麼恢復中原？」他嘆了一口氣，眼睛直盯著前方，一動也不動。過了一會兒，他才緩緩開口：「罷了罷了，事到如今，也只好做一個脅迫皇上的臣子了。」

左良玉對袁繼咸行了個禮，說：「麻煩袁大人幫我寫一份揭發馬、阮罪狀的奏摺，只管痛罵他們，不必留情！」

「我知道了。」袁繼咸洋洋灑灑的寫了一大篇，字字句句都慷慨激昂：「皇上英明，應該遠離奸臣，馬士英、阮大鋮二人毫無顧忌，遺棄您的妃子、囚禁先帝太子，根本不將您放在眼裡。他們公報私仇的事更是常常聽聞，使得許多正義、忠心的人紛紛逃走。二人一心只知道賣官求榮、親近美女而不知恥，罪狀太多，簡直就寫不盡！」

「好，罵得好！再請黃大人幫我寫一道討伐的聲明。」左良玉說。

過了一會兒，黃澍放下筆，大喊：「寫好了。」他輕輕吹乾紙上黑墨，念出內容：「臣左良玉將要清除皇上身邊的奸臣，帶領雄兵百萬將您導向正途，日後成功，皇上應當前去祭拜先帝陵墓，向現在被押在大牢

中的太子謝罪。」

「寫得好。奏摺與聲明都已經完成，明天一早就派快馬送進南京城，我立刻就發兵！」左良玉摩拳擦掌，恨不得馬上除掉馬士英和阮大鋮。

「萬萬不可，那馬士英和阮大鋮每日派人攔截奏摺，看完便燒掉，奏摺根本到不了皇上手中。」袁繼咸連忙阻止左良玉。

左良玉苦惱的說：「這麼一來，只好專門派人送去了。」

黃澍說：「這也不行，聽說馬、阮早就對您有所防備，這份聲明一送出去，他們絕對不會放過您，派去的人，恐怕凶多吉少了。」

「那該如何是好？」左良玉絞盡腦汁，卻想不出更好的方法。

桃花扇

「還是讓我去吧。」柳麻子拍拍胸脯，說：「反正我這條老命早就不值錢了，留著也沒什麼用處，不如拿來替將軍把事情辦妥比較重要。」

「有你這樣忠義的人，我左良玉沒有什麼能報答你，只能跪下向你道謝了。」左良玉對屬下大喊：「拿酒來！我要敬敬這位大英雄。」

看見左良玉雙膝一跪，顫抖著手遞上酒杯，柳麻

子不禁紅了眼眶，接過酒後一飲而盡，豪氣的說：「我這就出發，絕對不會辜負將軍的託付。」

蘇崑生內心百感交集，高興的是馬、阮二人一除，侯方域等人也就得救了，但又為柳麻子這一趟凶多吉少的任務而悲傷，忍不住握住柳麻子的手，哽咽的說：「但願救了侯公子出獄後，還能有機會再與柳兄喝上一杯！」

柳麻子一路避開馬士英和阮大鋮的眼線，終於不負重任的將奏摺與聲明都交給檢查奏章和申訴文書的機構「通政司」，卻沒想到通政司也已經被馬士英收買，攔截了奏摺和聲明，柳麻子也遭到逮捕。

這天是崇禎皇帝的忌日，馬士英與阮大鋮前往祭壇祭拜後，便回到馬府賞花作樂。

馬士英連連嘆氣，說：「唉，本來想藉著賞花來忘掉一些煩人的事，不過……」

阮大鋮略一思索，馬上猜到他的煩惱，便問：「馬大人是為了那個妃子與太子的事在煩憂嗎？」

馬士英只是微微點了頭，應了聲：「嗯。」

阮大鋮笑著說：「大人想想，如果立了舊妃子當皇后，皇上怎麼會開心？如果立了先帝太子，皇上不就得要退位，那我們的官位又該往哪裡擺？所以請大人放心，皇上現在對您言聽計從，朝廷裡還有誰敢違抗您？」

「你說得對。那……那些復社的人呢？」馬士英又問。

阮大鋮面露陰險笑容，說：「要對付他們還不容易？當然是斬草除根，讓他們全都閉上嘴，也永遠閉上嘴！」

「哈哈哈，說得好！你字字句句都說到了我的心坎裡，就這麼辦！」馬士英立刻開朗起來，喚來僕人：「去拿酒來，今天我要與阮大人喝個痛快！」

「多謝大人，為大人分憂是我的榮幸。」阮大鋮諂媚的笑說。

兩人正歡快的喝著酒，有名僕人捧著兩份文件，前來稟告：「通政司收到左良玉將軍的奏摺與公文各一，送來給您過目，送公文的人也捉起來了，被押在外頭。」

「左良玉？這傢伙會有什麼好事？」馬士英的好

心情被打斷，悶哼一聲，伸手接過奏摺與公文。他翻開奏摺，密密麻麻的內容讓他大吃一驚：「哎呀，不得了啦！這根本就是控訴我們倆的過錯，裡面列舉了七項大罪，要皇上立即處分我們。阮賢弟，你說可不可恨？」阮大鋮連連稱是，催促他快看公文寫了些什麼。

馬士英把奏摺一丟，沒想到公文內容更讓他氣得七竅生煙：「這分明就是討伐我們的聲明，裡面把我們罵得體無完膚，還說要立即發兵前來取我們的人頭！這……這真是欺人太甚……」他又氣又急，想到左良玉的威猛，不禁害怕起來：「左良玉手中握有重兵，假使他真的發兵，那就不得了……該怎麼辦才好？」

阮大鋮一想到自己的性命快要不保，也嚇得直發抖：「太可怕了！太可怕了！」

桃花扇

「難不成等他來砍掉我們的頭嗎？」馬士英全身癱軟，臉色發白。

「讓我想想、讓我想想……一定有辦法的……」阮大鋮沉思了一會兒，臉上出現笑意，說：「大人，您可以派遣黃得功、劉良佐等三鎮武將去防守他。」

「他們的武力雖然能夠對抗左良玉，可是這麼一

來，黃河一帶不就沒人防守？萬一清兵趁機南下，那我要叫誰迎敵？」

阮大鋮在馬士英的耳邊輕聲的說：「呵呵，大人啊，清兵一到，哪裡需要迎敵呢？」

「不迎敵，難道要等死？」馬士英不懂阮大鋮話中含意。

阮大鋮比著手勢，說：「我們有兩條路可走，第一，逃跑；第二，投降。嘿嘿，大人您說，還需要迎敵嗎？」對他來說，南明存亡根本就不重要，他在意的是自己的榮華富貴。

「嗯嗯，你說得有道理。」馬士英點點頭，說：「寧可死在清兵手上，也不能夠被左良玉所殺害！我這就命令他們去阻擋左良玉。」他遲疑了一下，又說：「不過沒有理由就要他們出兵，三鎮武將會聽從我的命令嗎？」

「大人，您只要說左良玉打算攻打南京城，自立為帝，他們難道會不聽我們的嗎？」阮大鋮奸笑著說。

「好計！好計！就這麼決定，我立刻下令，叫他們即刻去攔截左

良玉！」馬士英高興的說。

　　等在一旁的僕人出聲提醒：「大人，那個送公文的人還在外頭，聽候您的處置。」

　　馬士英不耐煩的說：「有什麼好處置的？送到刑部砍頭就好啦！」他想了想，又覺得不妥，忙把轉身離去的僕人喊了回來：「等等，我看先不要衝動，要是黃得功三人也不是左良玉的對手，萬一把這傢伙殺了，改天左良玉攻下南京城，我不就麻煩大了？先把他押到大牢吧！」

　　柳麻子被送到鎮撫司大牢裡，暫時保住一命。

桃花扇

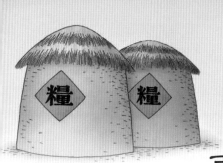

第十四章　南明王朝終陷落
史可法死守揚州

　　柳麻子身上戴著枷鎖，蹲在牢中，實在很不舒服，心想：「生平第一次進牢，簡直難受極了。」不遠處忽然傳來交談的聲音，其中一個聽起來像是侯方域，於是柳麻子便大叫：「是侯公子嗎？」

　　侯方域聽到熟悉的聲音，忍不住回頭一看，在月光的映照下，柳麻子的臉龐漸漸清晰，他不禁大驚：「柳兄？怎麼會是你？」

　　「說來話長，想不到陳公子、吳公子也都被關在這兒……」柳麻子也認出了侯方域身旁的陳貞慧與吳次尾。

　　「請問柳兄，你犯了什麼滔天大罪，竟然戴著枷鎖被關到這兒來？」侯方域好奇的問。他與陳貞慧、吳次尾雖然被關在牢中，但身上沒有枷鎖，也沒有被拷問。

　　柳麻子無奈回答：「我哪有犯什麼滔天大罪？只不

過幫左將軍送奏摺與討伐馬士英和阮大鋮的聲明，就被五花大綁的關進來了。」

「左將軍怎麼會突然要發兵討伐馬、阮二人？」陳貞慧不解的問。

「唉，因為侯公子被捉後，蘇崑生趕到左將軍的軍營求救，左將軍才知道馬、阮二人目中無人，已經到了無法無天的程度，於是請人撰寫奏摺，控訴馬、阮失職，破壞朝廷秩序，又發了一道聲明，託我送來南京城，然後便要發兵來了。」柳麻子說：「各位可以放心，到時候馬、阮一害怕，就會放我們出去的。」

「個人生死事小，如果真的能剷除馬、阮，還給百姓安居樂業的生活，再恢復大明江山，才是令人欣喜的大事！」侯方域一嘆，說：「蘇兄不遠千里去求救，這一份情誼讓我十分感動，而柳兄為了國家，不顧個人生命的情操，更令人感佩。」

桃花扇

「可是左將軍一來，說不定讓馬、阮找到藉口，更毫無顧忌的殘殺我們這些與他作對的人啊。」陳貞慧憂心忡忡的說。

話才說完，就聽到幾名錦衣衛大呼小叫的走了進來，停在另一間牢房前，帶頭的錦衣衛命令看守牢房的小兵：「刑部明早要處決他們，你們快點把人綁來，

別耽誤了時間！」

小兵依令拉出兩人，一行人急匆匆的離去，留下兩人喊冤的聲音迴盪在幽暗的大牢裡。

侯方域感嘆：「看來這兩人將是我們日後的『榜樣』啊！」

「柳兄，外面有什麼新的消息嗎？」眾人問。

「我來得倉促，只看見錦衣衛四處在捉人。」

「捉誰？」

「我只記得幾個認識的，像是冒襄、方以智等人。」

「唉！恐怕左將軍還沒來……」侯方域苦笑，「這裡就會變成復社文人的聚會場所了。」

每天牢裡都有人被帶走，而牢外的世界也不平靜，人心惶惶！

左良玉召集黃澍、袁繼咸等人聚集在九江一帶，準備攻打南京城；馬士英與阮大鋮調動的三鎮武將，兵力也部署完成。兩軍的第一次交戰，左良玉敗戰而回。

沒料到馬、阮竟然會派出三鎮武將，左良玉急忙找來黃澍與袁繼咸商量對策，正當眾人絞盡腦汁，忙

得焦頭爛額的時候，卻傳來左良玉的兒子趁機奪取袁繼咸鎮守的九江城的消息。左良玉一時氣急攻心，竟然昏了過去。

眾人連忙上前接住他後倒的身軀，讓他在床上躺好，喊著：「將軍醒醒！將軍醒醒！」

過了一會兒，左良玉才慢慢清醒，悲憤的說：「我左良玉領兵進攻南京城，是為了除奸臣、救太子，想不到我那不肖子竟然趁機攻打九江城，妄想奪取權位……這個不肖子啊！做出如此大逆不道的事，反而陷我於不義！這傢伙該死！該死！」怒不可遏的左良玉雙目含淚，想到一生英名毀在親生兒子手上，竟然吐出一口鮮血，就這麼斷了氣。

「將軍！您怎麼就這樣離開人間？我們的復興大明的計畫還沒完成哪！您甘心嗎？將軍……」眾人哭喊著左良玉的姓名，卻再也喚不回忠心為國的英魂。

左良玉突然逝世，使得大軍群龍無首，士兵們各自散逃；而三鎮武將因前去攔截左良玉的軍隊，導致黃河一帶沒有任何守備，占據北方的清兵把握機會迅速南下，逐漸逼近南京城。

南京城情況危急，讓防守在揚州的史可法苦惱不

已：「清兵已經占領江蘇，眼看就要抵達揚州，但是揚州的兵馬不到三千人，如何能夠抵禦清兵？不過……要是揚州淪陷，南京城也就難保安全，那麼大明王朝不就要滅亡了？」

由幾名武官陪著，史可法緩緩走到城牆邊，卻聽到士兵們抱怨連連。「清兵都已經打到江蘇了，這裡只剩下我們幾個老弱殘兵苦苦守城，怎麼可能守得住？」

「是啊！也不知道將軍心裡在想什麼，難道真的要讓我們去送死嗎？敵人可是清兵啊！」

史可法心想：「你們難道不知道大明江山要靠我們保住嗎？」

一個士兵的聲音恨恨傳進史可法耳中：「算了算了，將軍不為我們著想，我們不如早點投降，還可以過過快活的日子，也不必在這裡等死！」

「沒想到士氣已經這麼低落，士兵們居然想投降？」史可法驚訝無比。

只聽另一名士兵又說：「我們降不降還是其次，反倒是朝廷中自家人殺自家人，皇上又只顧著自己逃命，這城要守到什麼時候啊？」

史可法一嘆，心想：「想不到軍心如此不堅定，再這樣下去，只怕要守住揚州也非常困難，到時候城破

國亡，我要怎麼面對皇上以及倚重我的士兵和百姓們？」他登上城牆，苦苦思索，希望能想出激勵士氣的方法。

清冷的月色映照著大明山河，史可法看得出了神，一想到許多國土正被清兵踐踏，百姓正被清兵欺壓，他不禁心痛難忍。終於，他若有所思的深吸一口氣，眼中充滿光芒——他決定了！

史可法向一旁武官吩咐：「立刻傳令，召集全體將士前往練兵場。」

傳令兵發出信號，大喊：「將軍有令，全體將士立刻趕到梅花嶺練兵場集合，聽候命令！」

果然是平日訓練有素的軍隊，動作迅速敏捷，隊伍排列整齊。史可法滿意的點點頭，喚來將領，說：「現在軍情緊急，江蘇失守，這揚州是長江以北的重鎮，如果有任何疏忽，恐怕南京城就保不住了。快傳令各軍嚴加防守，如果有亂放謠言、動搖軍心者，必定以軍法處置！」

傳令兵於是向軍隊喊：「將軍有令，全體將士聽令，各軍嚴加防守，如果有亂放謠言、動搖軍心者，必定以軍法處置！」

桃花扇

寂靜無聲取代了全體將士以往激昂的吶喊回應。

「怎麼沒有聲音？」史可法愣了一下，下令：「再傳一次軍令，直到他們高聲應答！」

傳令兵又喊了一次，全體將士依舊一片靜默。不管傳令兵怎麼喊，得到的都是同樣的反應。

史可法仰天長嘆：「罷了、罷了，看來你們都不打算守城了！原本希望大家能死守揚州，沒想到個個卻畏懼清兵，只想投降……史可法啊史可法，你不該期望人人都像你一樣視死如歸；你不該痴心妄想靠你一人就能撐起大明江山……可悲！可嘆！」

望著全體將士，一張張棄戰失神的臉孔讓他心寒，史可法越說越激動：「史可法，你真是白讀詩書、空談忠孝，事到如今，你也只能向列祖列宗、向百姓們賠罪懺悔，就讓江山落入清兵手中吧！」一股辛酸湧上心頭，他忍不住嚎啕大哭。

身旁的將領們紛紛勸說：「將軍保重身體啊！」其中一人上前扶住史可法，卻摸到溼透的戰袍，還傳來濃濃的血腥味，不禁嚇了一跳，忙喊：「將軍，您怎麼了？來人啊，快拿燈來！」

微微燈光下，眼前的景象讓所有將領全都嚇呆了

桃花扇

——<u>史可法</u>的戰袍透著血紅，隨著他的痛哭，鮮血從眼眶中不停的流出，形成點點血淚。「啊，將軍怎麼會……」

一名將領心痛大喊：「全體將士，你們快看啊，將軍哭出血淚來了！」

原本毫無精神的眾人聽了這話，仔細一看，吃驚大喊：「真的是血淚！」

「將軍哭出血淚了！」校場上人人交頭接耳、議論紛紛。

「天地都曉得將軍的忠心，我們怎麼能畏畏縮縮、貪生怕死！」有人率先吼了一聲，激起了全體將士的士氣。

「對，我們願意與將軍死守<u>揚州</u>，就算戰死，也絕對不當戰場上的逃兵！」

眾人爭先恐後的表明心意：「俗話說：『養兵千日，用在一時。』我們要是不替朝廷出力，真是比禽獸還不如了！」

一時之間，軍心大振，氣勢高昂，全體將士齊聲大喊：「我們願意捨棄性命，替將軍守住<u>揚州</u>！」

<u>史可法</u>破涕為笑，說：「好！好！這才是我的好兄弟！」

揚州裡裡外外、各營各部都防守得密密實實，無懈可擊。但畢竟寡不敵眾，清兵利用龐大軍力的優勢連番圍攻，揚州終究逃不了被攻陷的命運。南京城中，弘光皇帝心知大勢已去，他的皇位已經保不住，早就趁著黑夜逃離，躲到黃得功的軍營裡避難；馬士英與阮大鋮更是溜得比誰都快，南京城內兵荒馬亂，百姓四處逃難，宮中妃子、婢女、僕人忙著逃跑，被選入宮的演員、歌伎們也趁亂逃了出來。

　　想要出門的楊龍友前腳都還沒踏出家門，便接到消息，說朝廷裡弘光皇帝與大臣們全跑光了。他心底正推測著消息的真實性時，突然聽到門口有人喊他：「楊老爺，你怎麼還在這裡？」

　　楊龍友抬頭一看，竟然是寇白門、鄭妥娘、沈公憲與張燕筑四人，忍不住開心笑說：「啊，原來是你們，怎麼都出宮啦？」

　　「清兵都快要打來了，皇上和宮裡的人都逃光了，我們不出來還等什麼啊？」寇白門慌張的說。

　　「什麼！皇上真的離開了嗎？」楊龍友驚問。

　　「你還不知道嗎？聽說清兵殺過來，皇上就連夜逃走啦！」沈公憲回答。

桃花扇

　　「那……怎麼沒看見香君呢？」楊龍友又問。

「她啊，」鄭妥娘指指身後，「她腳小走不動，走在後面呢。」

楊龍友問：「那你們打算逃去哪兒？」

「先回家瞧瞧，收拾好行李，再回去自己故鄉吧。」四個人齊聲回答，向楊龍友行禮告別後，便各自往各自家裡的方向走了。

楊龍友不禁也慌了起來：「這可不得了，他們幾個說皇上出宮，看來應該是真的……這裡果然不安全，得趕快去藍瑛那兒收拾行李才行，我的書畫全放在那兒哩！」

楊龍友匆匆忙忙的出門，路上恰巧遇到李香君，便將閣樓暫借給藍瑛、侯方域被捕入獄等事略略說明，並與她一同前往藍瑛寄住的閣樓。

忙著整理行李的藍瑛見兩人前來，一邊招呼兩人喝杯水喘口氣，一邊感嘆：「清兵恐怕就要打來了，楊老爺有什麼打算？」

「唉，還能怎麼辦呢？」楊龍友無奈的說：「今日匆匆見面，然後我們就要分別了。」

「請問楊老爺要去哪兒？」李香君握緊手中水杯，緊張的問。

「回我的故鄉避難。」楊龍友回答。

李香君不由得悲從中來：「相公還沒有出獄，楊老爺又要回故鄉，只剩下我一個弱女子，我該怎麼辦呢？」

「這也沒辦法。」楊龍友忙著收拾書畫，轉頭對她說：「現在社會亂成這樣，就算是父子也無法互相照顧，各人要為自己打算，逃命要緊！」

忽然閃入一個熟悉的身影——來人竟然是蘇崑生。

蘇崑生見到眾人也嚇了一跳，連忙開口問候：「楊老爺、藍兄……啊，香君也出來了？那怎麼沒看見侯兄？」

「蘇兄好久不見！」楊龍友回答：「侯兄還沒出獄。」

「怎麼會還沒出獄呢？」蘇崑生疑惑的喃喃自語。

李香君忙問：「蘇師父似乎話中有話？」

蘇崑生解釋：「是這樣的，我為了救侯兄，跑去向左良玉將軍求救，沒想到左將軍突然身亡，於是我只好馬不停蹄的趕回南京城。」他嚥了嚥口水，接著說：「一路上都在流傳清兵已經攻下揚州，快打到南京城了，聽說連皇上都離開了，所以我趕緊去大牢想尋找侯兄，沒想到牢門根本沒關，所有囚犯都跑得不見人

影……我原本以為他會回來這兒，沒想到……唉，他到底去了哪裡？」

李香君聽了這話，滿心感傷，當初常到閣樓作客的人都聚在這裡，唯獨缺了一個侯方域。想到這裡，她不禁落下淚來。

楊龍友急著要走，便對李香君說：「既然妳有蘇師父作伴，那我就可以放心離開。後會有期！」說完，他便要僕人挑著行李，頭也不回的走了。

「想不到……楊老爺就這麼走了……」李香君淚流滿面，望著蘇崑生說：「只有蘇師父了解香君，希望師父可憐我，帶我去尋找相公。」

「這樣的亂世，要去哪裡找人？」蘇崑生苦惱的說。

李香君說：「就算是天涯海角，就算要花費千年，只要能找到相公，我就要試試！」

蘇崑生十分遲疑，無法決定：「但是……」

　　「依我看來，西北邊兵荒馬亂，侯兄應該無法前往，如果你們要找，大概只能往東南方。」藍瑛推測著局勢，開口建議。

　　「那我們去東南方吧？一方面可以避難，一方面又能尋找相公。」李香君的眼中充滿祈求，讓蘇崑生不忍心拒絕。

　　蘇崑生點點頭，說：「好吧，既然妳一心一意要找他，而我也要避難，乾脆就帶著妳一起走吧，只是不曉得怎麼走比較安全。」

　　藍瑛指著遠方，說：「可以走棲霞山，山上沒有什麼人，只有幾間道觀，我打算去那兒躲些日子，不如我們一起走？也許能遇見侯兄也說不定。」

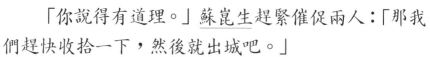

　　「你說得有道理。」蘇崑生趕緊催促兩人：「那我們趕快收拾一下，然後就出城吧。」

桃花扇

　　離去前，李香君回頭望著南京城，心亂如麻──不知道這輩子還有沒有機會，能再回到這熱鬧而繁華的南明首都？

第十五章　史可法投江自盡 侯方域痛哭失聲

　　南明首都不再光輝燦爛，取而代之的是紛亂無比的景象──南明兵士、百姓四處逃竄，催促、求救聲此起彼落。一個老人沿著雜草叢生的江邊小路奔向前去，肩上的包袱好像一個巨大的腫瘤，隨著他的腳步一晃一晃。他一面跑，一面回頭張望，遠方的南京城正揚起濃密的黑煙，他心底掛念著：家裡的親友不知道是不是都平安無事？

　　一個不注意，「碰」的一聲，老人和一名騎著騾子的男子迎面撞個正著，他差點跌進江裡。

　　「哎喲、哎喲，哪個冒失鬼啊……」老人拍拍身上的泥巴，大喊：「我說這位大爺啊，你怎麼不長眼呢！」

　　「抱歉、抱歉！」男子趕緊跳下騾子，扶起老人：「讓您受驚了，實在是因為我急著到南京城去救皇上……」

「救皇上？你還不知道嗎？」老人苦笑，說：「皇上在好幾天前就逃出城去啦！現在城裡一片混亂，大家都忙著逃難啊。」

「有這種事？」男子大吃一驚。

「沒辦法，清兵太厲害，聽說連史可法將軍都沒辦法抵擋呢！」老人又說。

「啊！這下子我還能做什麼？」男子無神的望著江面，過了許久，轉頭看向濃煙密布的南京城，想到百姓正在受苦，他不由得悲從中來，哭喊：「天地神明、列祖列宗，為什麼就連這南京城也不讓我保住啊！」

老人覺得他的聲音十分耳熟，心想：「這聲音好像是史大人……」他越聽越肯定男子的身分，於是鼓起勇氣問：「請問您是史可法大人嗎？」

「我是，您怎麼會認得我？」

「我是一名祭師，前些日子在先帝的祭典上看過您的。」老人行了個禮，恭敬的回答。

「啊，我想起來了，那天為先帝痛哭的就是您。」史可法一嘆，他想起那天馬士英和阮大鋮等人隨便祭拜後就回府作樂的事。「那天您還為了一些官員敷衍的態度而生氣，足以見得您一片忠心。」

桃花扇

「大人您過獎了。」老人上下打量著史可法，說：「您看起來非常狼狽，發生什麼事了嗎？」

「唉，揚州失守，我原本打算和揚州共存亡，但是將領們都勸我要保住性命，回南京城解救皇上比較重要，我仔細想想，覺得有理，所以就從揚州逃了出來，剛好遇上一艘軍船，才能來到這裡……」史可法的臉色一沉，「沒想到……皇上早就走了！」

眼前是洶湧波濤的江水與空遠無邊的天空，遠處烽火直衝天際，耳邊傳來呼天搶地的悲泣聲，南京城已經是一片地獄景象。「不必去南京城，揚州也輸了，除了江裡的魚腹外，已經沒有我容身之處了！」史可法低頭看著一身的官服，怒喊：「可惡，我史可法是朝廷命官，如今卻成為亡國的罪臣，我哪有資格穿這身官服？」

他立刻動手脫下官帽、官服、官靴，接著就要往江裡跳。老人趕緊撲上前，拉住史可法：「大人！您千萬不可尋死啊！」

史可法悲憤大喊：「你看這廣闊的世界，卻沒有我史可法的去處！事到如今，看著南明滅亡，改朝換代，我沒有什麼好留戀了。」他用力甩開老人

的手，躍入江中，激起一陣浪花，身影很快的被洶湧的浪潮給吞沒。

「史大人！史大人！您真是一代忠臣，要不是我也在場，有誰知道您竟然投江而死？」老人嘶吼著：「老天爺，看在史大人全心為國的分上，請保佑大明江山啊！」

沙啞的嗓音迴盪在一望無際的江邊，聽來格外淒涼。

侯方域與柳麻子、陳貞慧、吳次尾從牢獄中逃出後，沒日沒夜的走了幾日，突然聽見一陣哭喊，瞧見一個老人在岸邊大聲哭泣，便上前詢問：「老人家，您為什麼在這裡痛哭？」

老人擦擦眼淚，看眼前的幾人衣衫襤褸的樣子，想必也是逃難的人，他便沒有隱瞞的說：「我剛剛親眼看著史可法大人投江，所以忍不住傷心大哭。」

侯方域大吃一驚：「怎麼會？史大人怎麼會來這裡？」

老人哽咽的說：「揚州淪陷，史大人逃到這裡，本來想救皇上，聽說皇上已經離開，就跳江了！」

「怎麼可能？」侯方域無法置信。

老人指著地上的衣物，哭著說：「你看看這是不是他的東西？」

　　柳麻子拿起來一看：「這衣服裡都是紅色的印記，寫著『欽命總督江北等處兵馬內閣大學士兼兵部尚書印』。」

　　「真的是史大人！」侯方域放聲大哭：「史大人！史大人！您怎麼可以說走就走！」江浪滔滔，拍打著岸邊的亂石，激起血腥的氣味，也激起南明王朝滅亡的事實。

　　「史大人啊，您趕緊活過來救救百姓啊！」侯方域朝著江水哭喊，仍然不願意相信史可法已經葬身江底的事實。他緊緊抱著史可法的衣物，喃喃念著：「老天無眼，為什麼這麼狠心？為什麼？為什麼？」

　　眾人連忙安慰傷心欲絕的侯方域，並將史可法衣物整理好，簡單卻誠心的祭拜一番。

　　「侯兄節哀順變，史大人盡忠職守、報效國家，是一代忠臣，他的情操一定能感動天地。」柳麻子勸著侯方域。

　　「是呀！你就別再難過了。」陳貞慧話題一轉，

桃花扇

說：「我們幾個送你來這裡，原本打算送你過江北上，但是看北方局勢，恐怕是不可能辦到了⋯⋯既然如此，你不如隨我們一同往南走？」

「可是我怎麼能拖累各位？」侯方域說：「我與柳兄商量過了，找一間深山古寺暫時躲幾天，再作打算。」

老人說：「我正好要去棲霞山的道觀，那裡相當隱祕、安靜，可以避開清兵，兩位不如與我一起前往？」

「您為什麼要到棲霞山呢？」侯方域好奇的問。

老人回答：「其實我是一位祭師，原本村中父老捐了些錢，趕著七月十五日要為崇禎先帝做一場法事，沒想到南京城大亂，無法舉行，因此我打算到棲霞山請高僧幫忙，好完成這樁心願。」

「這是一件好事啊！」柳麻子讚許。

「如果您願意帶我們同行，那就再好也不過了。」侯方域向老人道謝。

「我把史大人的衣物收拾一下，」老人將史可法衣物仔細收好，「等戰爭比較平息後，我再拿到揚州梅花嶺去埋葬，到時候史大人就有墳了。」

「您為史大人付出那麼多，實在令人敬重。」侯方域向老人行禮，誠心感謝。

陳貞慧說：「既然你們要到棲霞山，那麼我們就在這裡跟你們告別了。」

「唉，這一次分別，不知道什麼時候才能再與你們相見，請多保重。」侯方域哀傷的說。

於是，侯方域、柳麻子以及老人便與陳貞慧、吳次尾分道揚鑣，各自離開。只有江水「嘩嘩嘩嘩」的響著，彷彿還在訴說史可法以身殉國的傷心事。

桃花扇

　　三人風塵僕僕的來到棲霞山，竟然巧遇當初為躲避入宮而修道的丁繼之，侯方域和柳麻子便暫時借宿在丁繼之修道的采真觀，而老人則前往白雲庵討論祭拜崇禎先帝的事宜。

　　棲霞山上林木茂盛，山峰綿延不絕，風景秀麗。此刻侯方域雖然欣賞著美景，內心卻無時無刻繫著佳人李香君。

　　他從袖中取出桃花扇，哀嘆：「這把桃花扇是我與香君的定情之物，經過這麼多的困難，這把扇子仍然像過去一樣嶄新，可是我們卻兩地分離，不知道當初的誓言香君還記得嗎？」

　　柳麻子看到侯方域又在為情傷心，只能安慰他：「前些日子皇上離宮，妃子們四處逃散，想必香君姑娘也逃出來了。等過些日子，我們再回南京城去找她吧。」

　　「只怕大家到處逃難，很難有機會重逢啊。或許

我不該再留戀，應該潛心修道。」侯方域哽咽的說。

柳麻子再勸：「你該知道『世間的情愛都是虛幻的，等到清醒時，才後悔曾經那麼認真』啊！」

一陣大風吹過，兩人看著白雲翻湧、綠木搖晃，山下的紛亂俗世似乎離他們好遠好遠。

面對同一片景色，棲霞山中離采真觀不遠的葆真庵裡，李香君正專心誦經禮佛。

藍瑛帶著她到棲霞山後，誤打誤撞的遇見了當時因拒絕入宮而出家的卞玉京，她便留在卞玉京修行的葆真庵中親近佛法。在葆真庵師父的循循善誘下，李香君領悟了佛法中的奧妙，也過了一段不問世事的平靜日子。

山中的平靜生活總是令人無心細數時間的流逝，不知不覺，侯方域到棲霞山已經一個月。這天正好是七月十五日，白雲庵的住持應老人的要求，為崇禎先帝舉行了一場誦經法會，葆真庵的所有人都前來幫忙誦念經文，閒來無事的侯方域與柳麻子也來虔誠祝禱。

雖然是戰爭時期，這場法會卻辦得隆重肅穆而不鋪張，在莊嚴的

誦經聲中，侯方域突然瞥見一個熟悉的身影。「啊！那不是我朝思暮想的香君嗎？」

　　時間在剎那間彷彿靜止住，侯方域眼中除了李香君外，再也看不見其他人，他想起過去李香君的輕聲軟語、一顰一笑。即使李香君一身素雅，沒有任何裝飾，卻更顯得柔弱動人。山中清風吹起她額前的髮絲，衣袖款款擺動，侯方域似乎又聞到了當年第一次見面時，她身上那近似百合的香味。

　　專心誦念經文的李香君，感受到一道目光，抬起頭，剛好對上侯方域熱切的眼神，這份情意立刻在她平靜的心湖中投下一記震撼，讓她芳心一陣亂跳，還差點念錯經文。

　　她不敢相信，眼前這個男人，當真就是侯方域？

　　自從兩人分別，已經過了好久好久，歲月與戰爭讓侯方域變得穩重成熟，只有那雙眼深情依舊。李香君含著眼淚，以只有侯方域能讀懂的眼神問：「真的是你嗎？」

　　侯方域以眼神回答了她的疑問：「是我！」

　　回想起這段只有孤單與思念的日子，李香君不禁紅了眼眶，雙唇開開合合，許久才無聲的喚了聲：「相公！」

侯方域緊緊握著那把定情的桃花扇，喃喃的說：
「看看扇上的朵朵桃花，那點點血漬，都化作我無盡
的思念。」

隔著重重人牆，李香君看見他手中的桃花扇，心
裡明白了──原來愛這麼簡單，這麼深遠，這麼堅強，
不管兩人相隔多遠，只要彼此牽掛，必定能夠永遠在
一起……

「相愛不渝，廝守終生。」桃花扇上鮮紅的顏色，
彷彿是點點濃情蜜意的思念，訴說著侯方域與李香君
兩人深厚的情感。經歷了這麼多風霜之後，他們依舊
認定對方是自己的真愛，依舊緊緊相依相戀，就像當
初承諾的誓言：「地老天荒，情意永不改變。」

桃花扇傳奇，永遠不會完。

桃花扇—— 苦盡甘來的愛情

侯方域和李香君有情人終成眷屬，令人感到欣慰。請你回想一下故事，然後回答下面的問題吧！

1.李香君痴心等待侯方域的歸來，如果你是她，你會選擇堅守或放棄這段感情呢？為什麼？

_____

_____

_____

2.你最喜歡故事中哪個角色呢？把喜歡的原因寫下來吧！

_____

_____

_____

_____

3.李貞麗為了李香君，犧牲幸福冒名出嫁，母女情深令人感動。你是否也感受過父母的愛呢？把你印象最深的事寫下來吧！

_____

_____

_____

_____

4.「桃花扇」是侯方域和李香君的定情物，也是他們堅貞愛情的表徵。問問看你的父母親，他們的定情物是什麼，並把它寫下或畫出來吧！

國家圖書館出版品預行編目資料

桃花扇 / 張耀仁編寫;王平,馮艷繪.－－初版一刷.－
－臺北市: 三民, 2012
面; 公分.－－(兒童文學叢書 / 小說新賞)

ISBN 978-957-14-5600-3 (平裝)

859.6 100025148

© 桃花扇

編 寫 者	張耀仁
繪 者	王 平 馮 艷
責任編輯	林易柔
美術設計	陳宛琳

發 行 人	劉振強
著作財產權人	三民書局股份有限公司
發 行 所	三民書局股份有限公司
	地址 臺北市復興北路386號
	電話 (02)25006600
	郵撥帳號 0009998-5
門 市 部	(復北店)臺北市復興北路386號
	(重南店)臺北市重慶南路一段61號

| 出版日期 | 初版一刷 2012年1月 |
| 編 號 | S 857570 |

行政院新聞局登記證局版臺業字第○二○○號

有著作權·不准侵害

ISBN 978-957-14-5600-3 (平裝)

http://www.sanmin.com.tw 三民網路書店
※本書如有缺頁、破損或裝訂錯誤,請寄回本公司更換。